Abel Sánchez

Letras Hispánicas

Miguel de Unamuno

Abel Sánchez
Una historia de pasión

Edición de Carlos A. Longhurst

SEGUNDA EDICIÓN

CATEDRA

LETRAS HISPANICAS

Ilustración de cubierta: *El tacto* de Jusepe de Ribera

© Herederos de Miguel de Unamuno
Ediciones Cátedra, S. A., 1998
Juan Ignacio Luca de Tena, 15. 28027 Madrid
Depósito legal: M. 31.709-1998
ISBN: 84-376-1359-0
Printed in Spain
Impreso en Anzos, S. L.
Fuenlabrada (Madrid)

Índice

INTRODUCCIÓN 9

1. La redacción de *Abel Sánchez* 11
2. Marco narrativo y técnicas novelescas 20
3. Caín y Abel: la envidia y su proyección ontológica . 32
4. La presencia de *Del sentimiento trágico de la vida* ... 49
5. Personalidad y novela 59
Esta edición 72

BIBLIOGRAFÍA 73

ABEL SÁNCHEZ. UNA HISTORIA DE PASIÓN 77
    Prólogo a la segunda edición 79
I 85
II 90
III 94
IV 98
V 100
VI 103
VII 107
VIII 110
IX 114
X 118
XI 119
XII 123
XIII 125
XIV 129
XV 133
XVI 138

XVII	....	141
XVIII	....	144
XIX	....	147
XX	....	149
XXI	....	151
XXII	....	154
XXIII	....	158
XXIV	....	162
XXV	....	164
XXVI	....	167
XXVII	....	170
XXVIII	....	175
XXIX	....	177
XXX	....	181
XXXI	....	183
XXXII	....	187
XXXIII	....	190
XXXIV	....	193
XXXV	....	195
XXXVI	....	197
XXXVII	....	200
XXXVIII	....	204

Introducción

Miguel de Unamuno en 1920.

1. LA REDACCIÓN DE «ABEL SÁNCHEZ»

La novela *Abel Sánchez* la escribió Unamuno en una de las peores épocas de su vida. La desapacibilidad de su existencia queda reflejada en la negrura del relato, pues es ésta la más amarga y perturbadora de las novelas de Unamuno. El propio don Miguel lo indicó. En el prólogo a *Tres novelas ejemplares y un prólogo*, que apareció tres años después de *Abel Sánchez*, la llama «acaso la más trágica de todas». Varios años más tarde, en un artículo escrito desde su exilio en Hendaya, habla de «hondos pesares [...] que me recuerdan la última tempestad de ánimo por que pasé cuando escribí aquella novela de desventuras a que llamé *Abel Sánchez*». Y en el prólogo a la tercera edición de *Niebla*, ya casi al final de su vida, vuelve a insistir en esta visión amarga y penosa que le evoca el recuerdo de la novela, «el más doloroso experimento que haya yo llevado a cabo al hundir mi bisturí en el más terrible tumor comunal de nuestra casta española»[1]. Está claro, pues, que la redacción de *Abel Sánchez* supuso para Unamuno enfrentarse con realidades repugnantes y sentimientos dolorosos.

En 1900 Unamuno fue nombrado rector de la Universi-

---

[1] Las tres citas pueden comprobarse en *Obras Completas*, Madrid, Escelicer, 1966-1971, II, 977; VII, 670; II, 552. De ahora en adelante toda referencia a las *Obras Completas* irá entre paréntesis en el texto con indicación del tomo y la página.

dad de Salamanca. En 1914 se decreta su destitución en uno de los actos más arbitrarios e indignos del gobierno conservador que presidía Eduardo Dato. Para mayor afrenta, la noticia de su destitución llega a oídos de Unamuno cuando ya se ha hecho pública. A pesar de repetidas demandas de explicación, nunca la recibió. Ni se le formó expediente, ni se le ofreció razón alguna por la brusca y déspotica intervención del Ministro de Instrucción Pública, actuando éste tal vez a instancias de aquéllos que habían cobrado hostilidad al rector salmantino por motivos ideológicos o profesionales. Unamuno nunca perdonó este atropello, al que calificó de «acto bochornoso», pero lo que más hubo de dolerle fue el regocijo de algunos de sus colegas universitarios ante tamaña injusticia.

Las divisiones y los antagonismos del mundo universitario de la época se vieron amplificados en un recrudecimiento del enfrentamiento político suscitado por la contienda europea. Aliadófilos y germanófilos, que abogaban por dos visiones políticas muy distintas, debatían con lenguaje sanguinario lo que en el resto de Europa se debatía con armas. Unamuno, aunque ya había dejado atrás sus entusiasmos socialistas juveniles, se identificaba fuertemente con las potencias democráticas y liberales y denunció constantemente en discursos y artículos el ordenancismo y la intolerancia de los poderes centrales, que él relacionaba con la España inquisitorial y dogmática de los Austrias, con lo cual se ganó el odio de germanófilos furibundos que, lo mismo que Unamuno pero desde la perspectiva opuesta, interpretaban la contienda europea como una lucha terminal entre un liberalismo disolvente y un tradicionalismo disciplinado. La actitud de neutralidad internacional adoptada por el gobierno español no se vio en absoluto reflejada en la actitud de la población, que halló en el enfrentamiento de las potencias europeas el pretexto para una vez más tomar posiciones en la lucha ideológica entre izquierda y derecha. En este debate encarnizado Unamuno desempeñó un papel destacado. Su destitución del rectorado no sólo le había atraído la simpatía y la solidaridad de muchos intelectuales españoles, sino que además le incitó a adoptar un perfil público más ardiente. «Por causa de esta arbitrariedad gubernamental el viejo debate entre un yo externo buscando el compromiso político y social y un yo interno, silencioso, hasta receloso incluso, se abrió de nuevo», escribe el crítico Christopher Cobb en su fundamental estudio del fondo histórico y biográfico de *Abel Sánchez*[2].

La actitud comprometida de Unamuno, tanto por el agravio personal sufrido como por su incuestionable convicción política, cristalizó en una sostenida lucha contra la arbitrariedad gubernamental y contra lo que él percibía ser la nefasta influencia de los sectores retrógrados del país. Si el impacto de la guerra europea en la vida política y social española fue importante por sus efectos sobre el debate nacional, no lo fue menos en la de Unamuno, el cual utilizó la coyuntura no sólo para dar publicidad a la causa aliada sino para atacar con vehemencia el ultramontanismo de la derecha española, el ordenancismo del gobierno español, e incluso la negligencia del rey Alfonso XIII, quien en 1915 se negó a darle audiencia cuando Unamuno se presentó en palacio. Esta campaña naturalmente le acarreó molestias, vituperios y rencores. Su incómoda y beligerante situación personal corría paralela a la situación nacional, pues en estos años la realidad social y política de España se deterioró visiblemente. El ambiente nacional, ya envenenado por el odio partidista entre aliadófilos y germanófilos, se vio agravado por dificultades económicas e inestabilidades políticas. Fueron años de protestas, de huelgas, de hambre (causada por la brutal subida de precios), de enfrentamientos, de titulares incendiarios en la prensa, de constantes cesiones en los ministerios, y finalmente de la aparición de las Juntas de Defensa en 1917, con la amenaza implícita contra el poder civil que este movimiento suponía. Fue en este ambiente de agravios, denuncias y tensiones, tanto en un nivel personal como nacional, en el que se redactó la que sería la cuarta de las novelas (extensas) de Unamuno. No es, pues,

---

[2] «Sobre la elaboración de *Abel Sánchez*», *Cuadernos de la Cátedra Miguel de Unamuno*, XXII (1972), págs. 127-147. Este estudio es imprescindible para la comprensión del ambiente en que se redactó la novela.

de sorprender que Unamuno escogiese el tema de la envidia y el odio como argumento de la obra. El mismo Unamuno se referiría a ello años después, desde su exilio en Hendaya. Al prologar la segunda edición de la novela, escribió: «[...] he sentido revivir en mí todas las congojas patrióticas de que quise librarme al escribir esta historia congojosa.» Insiste también en que *Abel Sánchez* no es historia libresca, sino que está sacada «de la vida social que siento y sufro —y gozo— en torno mío, y de mi propia vida». A pesar de lo que este prólogo tardío pueda tener de relectura, es decir de perspectiva nueva, queda claro que esta novela debe mucho a las circunstancias personales y nacionales de la época en que se escribió. Su adusto tema y su agria expresión obedecen a la amarga visión unamuniana de sí mismo y de sus compatriotas en un momento histórico difícil para ambos. Pocas novelas unamunianas hay para almas delicadas y asustadizas; pero ésta es de todas la menos indicada.

Abel Sánchez no es, sin embargo, la única ocasión —ni la primera— en que Unamuno aborda el tema del odio que nace de la envidia. Ya en prólogo de 1902 a su obra temprana *En torno al casticismo* (1895) se había referido al mito de Caín y Abel en el *Libro de Génesis* en términos reveladores:

> En este relato hay que admirar dos cosas, y son: la una el poner en el comienzo ya de la historia la disensión entre los sedentarios labradores y los pastores errantes y peregrinos, y la otra el cargar el primer homicidio que en la tierra se cometió, no a la lucha por la subsistencia, sino a la envidia, pues al ver Caín que el Señor miraba con agrado a su hermano y no a él, «ensañóse en gran manera y decayó su semblante» (*Génesis*, IV, 5). Ambas vislumbres del ingenio judaico se corroboran en nuestra historia y psicología españolas. (OC, I, 776)

Pero casi inmediatamente invierte los términos para dejar bien claro que si en el *Génesis* es un agricultor quien tiene envidia de un pastor, también suele ocurrir lo contrario: «El odio mismo del castellano al morisco no creo arrancara de otra razón; era el odio de los hijos de Abel a los de Caín, porque también los abelinos odian y envidian» (OC, I,

777)[3]. El tema tuvo para Unamuno una importancia capital, y en discursos y artículos diversos pronunciados o escritos en épocas distintas habló de la envidia y del rencor. Veamos un ejemplo, creo que no señalado antes, de muchos posibles; se trata en este caso de tres artículos, evidentemente enlazados entre sí, que aparecieron en «Los Lunes» de «El Imparcial» en noviembre y diciembre de 1912. En el segundo de estos tres artículos, «Ver claro en nosotros mismos», arguye Unamuno que para comprender a los demás tenemos primero que comprendernos a nosotros mismos, y ambas perspectivas son a su vez necesarias para ver en la conciencia colectiva:

> Ver claro en nosotros mismos es ver claro en aquéllos que con nosotros conviven y que son también nosotros, aunque se nos opongan. Y cuando un país vive, como hoy vive el nuestro, en conflicto íntimo de aspiraciones, de opiniones y de creencias, ver claro en nosotros mismos, ver claro en nuestro pueblo es ver claro en el conflicto y tal como se nos plantea. Y ver uno claro en sí mismo es para cada uno de nosotros ver cómo luchan en él, en su alma, pedazo y reflejo de su pueblo, las tendencias que en el alma de éste su pueblo luchan. Y esta clara visión de nuestro íntimo combate es lo único que nos puede salvar de la barbarie de la intransigencia. (OC, VII, 513)

En el tercero de los artículos, «Los bárbaros», dice Unamuno que los valores culturales se ven en peligro por la actitud de los incultos, cuya incapacidad imaginativa les hace perseguir inquisitorialmente a quienes cultivan los valores que ellos son incapaces de apreciar, intentando imponer por la fuerza su mentalidad vulgar y pedestre:

> A lo mal educados que están débese que su imaginación dormite, y a esta torpeza imaginativa se debe a su vez su espíritu inquisitorial [...]. En su incapacidad para llegar a una

---

[3] La referencia al odio del castellano al morisco se repite en idéntico contexto (la envidia bíblica) más de treinta años después en un artículo de 1934. Véase OC, III, 1348.

visión original de los problemas [...], pretenden imponer la fórmula estereotipada que la finge. Y es la envidia, hija siempre de pobreza imaginativa, lo que les lleva a pedir que vistamos todos un uniforme, sea el blanco, el negro, el rojo, el azul o el gris. (OC, VII, 514)

Esta misma idea —que la envidia nacional es consecuencia de la pobreza de espíritu, de la falta de imaginación— reaparecerá unos años más tarde en el capítulo XVI de *Abel Sánchez* vestida del mismo ropaje lingüístico. En esta ocasión habla Unamuno por boca de Abel, el cual cuestiona los motivos que llevan a su amigo Joaquín, hombre de ciencias y agnóstico, a acudir asiduamente a la iglesia:

> Los espíritus vulgares, ramplones, no consiguen distinguirse, y como no pueden sufrir que otros se distingan les quieren imponer el uniforme del dogma, que es un traje de munición, para que no se distingan. El origen de toda ortodoxia, lo mismo en religión que en arte, es la envidia, no te quepa duda. [...] los vulgares, los ramplones, que son los envidiosos, han ideado una especie de uniforme, un modo de vestirse como muñecos, que pueda ser moda, porque la moda es otra ortodoxia. [...] eso que llaman ideas peligrosas, atrevidas, impías, no son sino las que no se les ocurren a los pobres de ingenio rutinario. [...] lo que más odian es la imaginación porque no la tienen. (cap. XVI)

No deja de sorprender la coincidencia entre las dos citas, coincidencia no ya de pensamiento, sino incluso de vocabulario, como el uso de la expresión «vestirse de uniforme», que aquí tiene connotaciones fuertemente negativas. Pero lo más interesante de todo esto es la idea unamuniana de que la envidia nacional nace del pensamiento rutinario y mecánico que no admite que otros descuellen por su mayor capacidad imaginativa. Esta misma idea la vuelve a repetir en otro artículo periodístico de 1915: «Nuestros tontos —¡y qué angustioso es eso de tener que llamarlos nuestros!—, como en el fondo no son más que impotentes, eunucos de la mentalidad, son ante todo y sobre todo envidiosos. Y la envidia es lo que les hace amigos de eso que llaman orden, inquisitoriales»[4]. Todo esto pudiera parecer una defensa ante la persecución oficial y privada a la que Unamuno se creía sometido. Algo de eso hubo sin duda; pero sería del todo insuficiente achacar las constantes referencias unamunianas a la envidia nacional a una simple manía persecutoria por su parte. Los fallos y defectos que Unamuno decía ver en sus compatriotas también confesó verlos en sí mismo. En su ensayo «Sobre la soberbia» (1904) escribe:

> Sólo odiamos, lo mismo que sólo amamos, lo que en algo, y de una u otra manera, se nos parece; lo absolutamente contrario o en absoluto diferente de nosotros no nos merece ni amor ni odio, sino indiferencia. Y es que, de ordinario, lo que aborrezco en otros aborrézcolo por sentirlo en mí mismo; y si me hiere aquella púa del prójimo, es porque esa misma púa me está hiriendo en mi interior. Es mi envidia, mi soberbia, mi petulancia, mi codicia, las que me hacen aborrecer la soberbia, la envidia, la petulancia, la codicia ajenas. (OC, I, 1205)

Esta idea de que sólo podemos odiar a los que se parecen a nosotros será de capital importancia en *Abel Sánchez*, como asimismo la de que lo que odiamos en otros es precisamente lo que odiamos en nosotros. En una carta escrita a poco de haber terminado *Abel Sánchez* confesaba Unamuno:

> [...] y la más ruda guerra civil es la que tengo que librar dentro de mí, pues llevo, como llevamos todos, frente al ciudadano de la Europa civil del siglo XX —o siquiera del XIX— un súbdito de la España filipina del siglo XVI. Lo más de lo que combato en otros lo combato en mí y de ahí la acritud en el ataque. Cuanto más agriamente regaño para refutar a otros es que me estoy refutando. Somos, como Job, hijos de contradicción[5].

---

[4] «Nuestros tontos», artículo recogido por Christopher Cobb en su antología de artículos periodísticos de Unamuno. Véase Miguel de Unamuno, *Artículos olvidados sobre España y la primera guerra mundial*, Londres, 1976, pág. 27. El denso estudio introductorio de Cobb que acompaña a esta antología es de fundamental importancia para el conocimiento del Unamuno de esta época.

[5] Citado por Christopher Cobb, «Sobre la elaboración de *Abel Sánchez*», pág. 138. Ya antes Carlos Clavería había indicado la existencia de esta carta.

Si Unamuno, pues, se sintió rodeado de envidias, tuvo la honradez y clarividencia de reconocer ese mismo defecto en sí mismo. Si se trataba de un vicio nacional, él era tan español como el que más. Como ya demostró Carlos Clavería en su iluminador ensayo «Sobre el tema de Caín en la obra de Unamuno», la envidia fue un tema que atrajo el interés del escritor desde muy temprano hasta muy pocos años antes de su muerte, pues aún seguía refiriéndose a él en su ensayo «La ciudad de Henoc», aparecido en 1933[6]. Las circunstancias de su niñez, parte de la cual transcurrió en medio de una guerra civil —la guerra carlista de 1873-74— que le indujo más tarde a escribir su novela *Paz en la guerra*, sin duda dejaron en el niño una impresión de ansiedad ante una lucha fratricida, impresión que debió de mantenerse a la luz de las agrias polémicas político-religiosas que caracterizaron a la vida española en las primeras décadas de este siglo. Todo esto repercutió de forma muy intensa en Unamuno en los años inmediatamente anteriores a la redacción de *Abel Sánchez* por motivos fuertemente personales, como ya hemos visto, motivos de los cuales Unamuno siempre fue consciente y que provocaron una constante interrogación de sí mismo. Conviene, sin embargo, mencionar dos aspectos que sirven para apreciar la situación en su justo valor y no dejarnos llevar por la idea de que Unamuno obraba y escribía impulsado por una obsesión patológica.

En primer lugar la envidia como defecto nacional no es tema exclusivamente unamuniano. Parecidas ideas se encuentran en otros escritores de la época, como Antonio Machado y José Ortega y Gasset. Lo que sí hay en Unamuno es un tratamiento mucho más amplio, pues su interés fue no sólo socio-político sino a la vez psicológico, moral y literario. Digo literario —en el sentido de literatura imaginativa— porque *Abel Sánchez* no es ni mucho menos el único ejemplo de la exploración, o mejor explotación, literaria del tema de la envidia y el odio. Hay diversas variantes,

---

[6] Y aún después. En 1934 Unamuno todavía insiste en el tema de la envidia con la acostumbrada referencia a Abel y Caín: «Más de la envidia hispánica», OC, III, 1347-1349.

como son los cuentos «La locura del doctor Montarco» (1904), «Del odio a la piedad» (recogido en *El espejo de la muerte*, 1913), y «Artemio, heautontimoroumenos» (1918), y también la obra de teatro *El otro* (1932, pero escrita unos años antes), por no mencionar alguna que otra poesía sobre el mismo tema. La leyenda de Caín aparece asimismo en relatos como *Tulio Montalbán y Julio Macedo* (1920) y *El Marqués de Lumbría* (1920). Pueden verse también los borradores novelescos reproducidos por Christopher Cobb en el citado artículo, uno de los cuales es un auténtico relato miniatura perfectamente acabado sobre el tema del odio. Todos estos ejemplos demuestran no tanto la obsesión de Unamuno cuanto su enorme capacidad inventiva como creador literario.

En segundo lugar Unamuno sabía perfectamente que menospreciar la labor de los españoles y explicar todos los males de España invocando la lacra nacional de la envidia era absurdo y risible. Como ejemplo de ello se puede citar este pasaje de un artículo de 1911 titulado «Mi soberbia». En él se refiere Unamuno a «ese instinto de propia denigración, esa morbosa tendencia que así nos lleva a calumniarnos gratuitamente». Y continúa:

> Y luego la envidia, la horrible envidia. Porque ya hemos quedado en que es ésta una tierra de envidiosos. El símil aquel de la cucaña se ha hecho clásico. Y ello es claro: a un compatriota mío, a otro español, que ha nacido en mi patria misma y en el mismo ambiente que yo se ha criado, se le ocurre algo que no se me había a mí ocurrido y que no recuerdo haberlo leído u oído en otra parte; ¿de dónde lo habrá traducido? Pues la cosa es clara: aquí a nadie se le ocurre ni se le puede ocurrir nada; aquí todo se traduce; aquí nadie puede ni debe ser diferente de los demás; aquí todos somos unos. Que por ahí fuera, en Europa, salga un gran filósofo, un gran matemático, un gran poeta, un gran músico o un gran agrónomo, se comprende; casi todo, mejor dicho, todo, se lo da el ambiente, se encuentra con la labor hecha. Esas de por ahí son sociedades de térmites o de corales, existe en ella la solidaridad; todo su mérito es colectivo. Porque individualmente... ¡quía! Individualmente y *ab origine* no hay europeo que valga lo que un español, es de-

cir, lo que yo, el español que ahora hablo y desprecio a mis compatriotas. (OC, VII, 484-485)

Está claro que lo que escribe Unamuno aquí es pura ironía. Lo que está haciendo es burlarse de la manía de achacar a la envidia de los demás los fracasos de uno mismo. En este *reductio ad absurdum* del tema Unamuno nos demuestra que ni era un obseso ni permanecía ciego a los peligros de entregarse mecánicamente a las generalizaciones caracteriológicas.

Si el asunto de cainitas y abelitas tuvo pues innegable resonancia en la vida de Unamuno por razones personales y nacionales, lo importante es apreciar que Unamuno el escritor —y no Unamuno el polemista— supo convertir esa predisposición al tema bíblico en obras literarias fuertemente originales e incitantes. Veamos, pues, qué es *Abel Sánchez* como literatura.

2. MARCO NARRATIVO Y TÉCNICAS NOVELESCAS

«Una historia de pasión» reza el orientador subtítulo de esta novela; y la pasión de Joaquín Monegro la indica precisamente el título: Abel Sánchez, su amigo, a quien Joaquín envidia con fuerza verdaderamente destructora. Para darnos su historia de odio y de envidia Unamuno se sirve de la tradicional estructura triangular de dos hombres y una mujer. La historia de dos amigos que se enamoran de una misma mujer es antiquísima, con clarísimos precedentes en la literatura clásica y en la arábiga. En España aparece la historia en el *Disciplina clericalis* de Pedro Alfonso, y la situación de base se repite con toda clase de adaptaciones y variaciones a lo largo de los siglos, desde *El caballero Cifar* hasta nuestros días, pasando por la *Segunda parte de la Diana* de Alonso Pérez, *El Patrañuelo* de Juan de Timoneda, *La boda entre dos maridos* de Lope de Vega, *David perseguido* de Cristóbal Lozano, y *Dos hombres generosos* de José Zorrilla, entre muchos que se podrían mencionar[7]. La versión europea

---

[7] Para la historia de los dos amigos en la literatura española consúltese el artículo de Juan Bautista Avalle-Arce «El cuento de los dos amigos», recogido en su libro *Nuevos deslindes cervantinos*, Barcelona, 1975, págs. 153-211.

más conocida de esta fábula tal vez sea la que aparece en el *Decamerón* de Boccaccio, donde indudablemente la conoció Cervantes y que es probable fuese la principal, aunque no única, inspiración de la primera versión cervantina de la historia, la de Timbrio y Silerio interpolada en *La Galatea*. La segunda versión cervantina, mucho más trágica y tenebrosa que la primera, pues ahora se trata de un adulterio inducido, es la «Historia del curioso impertinente» que aparece en la primera parte del *Quijote*. Aquí Cervantes, como Unamuno tres siglos después, sondea en los estratos semiocultos y turbios de la personalidad humana.

La historia de *Abel Sánchez* encaja perfectamente en esta larga tradición, ya que el relato trata esencialmente de la relación entre dos amigos. Dentro de lo que podríamos llamar la estructura esquemática de la historia se observan algunas coincidencias entre la obra de Unamuno y sus antecesores, sobre todo con la novela intercalada en la primera parte del *Quijote*. La novela cervantina comienza así:

> En Florencia, ciudad rica y famosa de Italia, en la provincia que llaman Toscana, vivían Anselmo y Lotario, dos caballeros ricos y principales, y tan amigos que, por excelencia y antonomasia, de todos los que los conocían *los dos amigos* eran llamados. Eran solteros, mozos de una misma edad y de unas mismas costumbres; todo lo cual era bastante causa a que los dos con recíproca amistad se correspondiesen.

Y la de Unamuno:

> No recordaban Abel Sánchez y Joaquín Monegro desde cuándo se conocían. Eran conocidos desde antes de la niñez, desde su primera infancia, pues sus dos sendas nodrizas se juntaban y los juntaban cuando aún ellos no sabían hablar. Aprendió cada uno de ellos a conocerse conociendo al otro. Y así vivieron y se hicieron juntos amigos desde nacimiento, casi más bien hermanos de crianza. (cap. I)

Lo que recalcan ambos autores es, pues, la íntima amistad de los dos hombres, los lazos de hermandad que los unen, la reciprocidad de su relación, el hecho de que sus dos existencias están irremisiblemente unidas. Este dato inicial nos da la clave para la comprensión de las dos historias. También coinciden ambos novelistas en resaltar las diferencias de carácter entre los dos personajes. En Cervantes Anselmo es el hombre sensual que se dedica a los asuntos del corazón y Lotario el deportista que prefiere la caza. En Unamuno Joaquín es el voluntarioso que quiere imponer su arbitrio mientras que Abel es el que sabe adaptarse al gusto de los demás. Es decir, ambos autores insisten en que la complementariedad de los personajes va vinculada a una diferencia caracteriológica. Lo que no tiene uno lo tiene el otro.

Este paralelismo entre las dos historias se da incluso en la situación argumental de salida: en «El curioso impertinente» es Anselmo el que envía a su amigo Lotario con la embajada de petición de mano, que tras la boda se convertirá en demanda de índole patológica. En *Abel Sánchez* es Joaquín el responsable de que Helena y Abel se enamoren al permitir a éste que pinte su retrato, al insistir en que se tuteen, y al ausentarse durante las sesiones. Anselmo se empeña en que Lotario corteje a su mujer hasta provocar el adulterio. Joaquín se empeña en creer que la desdeñosa Helena está enamorada de otro hasta conseguirlo.

El paralelismo entre las dos obras en lo que podríamos llamar la situación triangular inicial resulta bastante sugestivo, y es plausible suponer que, consciente o inconscientemente, Unamuno estuviese siguiendo el patrón cervantino. Como todos sabemos, el *Quijote* fue uno de los textos claves en la vida literaria de Unamuno. No hay, sin embargo, que llevar demasiado lejos estas coincidencias de situación; y no sólo porque en el nivel de la trama las dos historias se desarrollarán de muy distinta manera tras la coincidencia de partida —lo cual al fin y al cabo es verdad de casi todas, pues se trata de variaciones sobre un modelo básico— sino porque el tema subyacente que interesa a Unamuno es muy otro que el que interesó a Cervantes. Aunque los dos personajes sean unos obsesos, en Anselmo lo que hay es una perversión sexual, mientras que en Joaquín lo que hay es una incontrolable envidia. Como tendremos ocasión de ver, lo que hace Unamuno es utilizar el patrón del cuento de los dos amigos para desarrollar o transmutar un tema bíblico.

El marco narrativo de *Abel Sánchez* lo da, en su sentido más amplio, la biografía de Joaquín Monegro. Algún crítico se ha quejado de que el título de la novela es una arbitrariedad. Pero no hay tal. Aparte de que «Abel Sánchez suena bien» (cap. xx), el título representa exactamente la pasión de Joaquín Monegro: Abel Sánchez, se nos dice, tiene una «constante presencia [...] en su espíritu» (cap. xxi). Joaquín busca su identidad en relación a Abel. Se trata de un «conocerse conociendo al otro», como escribe Unamuno en el ya citado párrafo que abre el relato. La forma biográfica, que comienza con la mención de la primera infancia en la segunda oración del relato y termina con la muerte del personaje en la que lo cierra, no es, sin embargo, la de una biografía convencional. En primer lugar, no se nos cuenta una vida en todos sus pormenores, sino que se eligen los momentos más críticos o más reveladores de esa vida desde el punto de vista del tema que el autor persigue, pasando por alto todo lo demás. En segundo lugar, la vida de Joaquín Monegro, que en su mayor parte se narra anónimamente en tercera persona, incorpora fragmentos de autobiografía, es decir, extractos de una memoria confesional escrita por el mismo personaje, tal como se explica al lector en la breve nota introductoria. Por qué Unamuno no vertió todo el relato en primera persona (como ya hiciera tan acertadamente Dostoievski en su novela *Notas desde el subterráneo*)[8] es algo que no deja de sorprender, dado que la novela entera se acerca mucho más al punto de vista de Joaquín y su problema íntimo que al de cualquier otro personaje. Pero Unamuno no fue propenso a la forma narrativa primopersonal, pues en sus novelas sólo la utilizó en las dos últimas (*San*

---

[8] La obra de Dostoievski tiene en común con la de Unamuno el ser la biografía (en este caso autobiografía) de un personaje suprasensible a los desaires de los demás que nos ofrece un relato amargo y rencoroso de sí mismo y de sus semejantes. Bajo el título de *El espíritu subterráneo* se publicó una versión española en 1900 (Librería Internacional, Madrid) que Unamuno pudo haber conocido.

Manuel Bueno, mártir y *La novela de Don Sandalio*, siendo esta segunda más bien novela epistolar). Indudablemente la ventaja de una forma confesional —observar directamente la introspección del personaje— queda fuertemente contrarrestada por las limitaciones de perspectiva con el consiguiente problema de fiabilidad narrativa. Es significativo que cuando Unamuno optó finalmente por usar la narración en primera persona fue en una novela, *San Manuel Bueno, mártir*, cuyo tema era el de la creencia religiosa, la complejidad del cual queda sutilmente reflejada en la situación del lector, que no sabe a ciencia cierta si creer o no, o hasta qué punto creer, lo que le cuenta la narradora, que es un personaje más de la novela con sus propios problemas psíquico-religiosos. En *Abel Sánchez* Unamuno debió de optar por la forma en tercera persona para validar, o dar mayor fiabilidad, a la historia de Joaquín Monegro, pero sin querer abandonar del todo la posibilidad de que el personaje mismo nos abriese un ventanillo a los más íntimos escondrijos de la conciencia. El hecho de que se nos ofrezcan sólo fragmentos —¿qué fue del resto de tan interesante documento?— puede que hiera la verosimilitud del relato en su vertiente más superficial, pero esto desde luego no preocupó a Unamuno, y tampoco debe preocuparnos a nosotros los lectores una vez comprendidos los objetivos del autor[9].

La confesión de Joaquín consta de catorce fragmentos que van desde las tres o cuatro líneas a las tres o cuatro páginas, en total un diez por ciento o poco más de la totalidad del relato, dedicándose el resto a la narración en tercera persona, pero con gran abundancia de diálogo, característica esta última muy típica de la novela unamuniana. Pero además de los fragmentos de confesión dispersos a lo largo del

---

[9] En un intento de dar más verosimilitud al relato, el crítico Robert L. Nicholas identifica al narrador impersonal y omnisciente con uno de esos nietos que Joaquín Monegro espera que publique algún día su *Confesión*, especulación interesante pero que equivale a leer la novela según las convenciones del realismo, y a Unamuno siempre le interesó mucho más el juego enigmático que la explicación pseudo-racional de las formas creativas. Ver Robert L. Nicholas, *Unamuno, narrador*, Castalia, Madrid, 1987, pág. 47.

relato, Unamuno también utiliza con mucha frecuencia el monólogo interior, al que podríamos llamar también monodiálogo introspectivo basándonos en el término inventado por el propio Unamuno, es decir, el diálogo del personaje consigo mismo, y cuya función es prácticamente idéntica a la de la confesión: el dejarnos ver la conciencia del personaje sin la aparente intermediación del narrador impersonal. Sin llegar a la técnica del fluir de la conciencia que popularizarían Joyce y Faulkner unos años más tarde, el monólogo interior unamuniano se basa evidentemente en la noción de que hay que captar las reacciones o sentimientos del personaje en el momento más temprano de su cristalización. De todas formas esta especie de acceso directo a la conciencia de Joaquín mediante la palabra pensada en sus atormentados autodiálogos, nos deja ver muy claramente la intención de Unamuno de adentrar a sus lectores en la conciencia de un ser sufriente.

Dado, pues, que Unamuno utiliza fundamentalmente dos formas narrativas, la impersonal y la autobiográfica, ¿qué conexión existe entre una y otra? ¿Se corroboran o se contradicen? Partiendo del hecho de que *Abel Sánchez* es la historia de una vida atormentada, podemos observar que las dos vertientes del relato —la perspectiva del personaje y la del narrador impersonal—, a pesar de lo que tienen en común, tienen también sus diferencias. Es preciso, no obstante, una observación preliminar. La voz narrativa impersonal que utiliza Unamuno en esta novela se abstiene por lo general de enjuiciar directamente a los personajes; lo que hace más que nada es hablar a través de los personajes mismos. Por ejemplo, cuando llama a Abel «aquel grandísimo egoísta» (cap. XXXVI), añade entre paréntesis, «por tal le tenían su hijo y su consuegro». De la misma forma, cuando se refiere a los dos hogares, el de Abel Sánchez y el de Joaquín Monegro, como de «frívola impasibilidad el uno, de la helada pasión oculta el otro» (cap XXIX), antepone a esta frase y en la misma oración que Abelín y Joaquina «en íntimas conversaciones conociéronse sendas víctimas de sus hogares», con lo cual vemos que estos dos hogares son vistos y enjuiciados desde la perspectiva de los hijos. De esta forma la responsabilidad del enjuiciamiento moral corre a cargo de otro personaje y no del narrador. Esta técnica tiene su importancia y su razón de ser: con ella se nos da a entender que un ser humano no es algo monolítico e invariable sino que está abierto a múltiples interpretaciones, a las suyas propias y a las de los demás. Las tensiones que hallamos en esta novela no son tanto entre narradores o voces narrativas como entre las perspectivas de los diversos personajes, interpretadas o transmitidas, claro está, por un narrador, pero un narrador del cual apenas somos conscientes.

La confesión de Joaquín, mejor dicho los extractos de su *Confesión*, no coinciden del todo con lo que sabemos por la pluma del narrador impersonal, ya sea mediante el diálogo, pensamientos de otros personajes, o narración directa en los relativamente pocos casos en que la hay. Esta discrepancia, bastante sutil las más de las veces, crea una cierta tensión en la historia de Joaquín Monegro entre lo que nos dice el propio personaje y lo que colegimos nosotros los lectores del resto de la narración. Veamos algunos ejemplos.

Joaquín Monegro empieza a redactar su *Confesión* a los cincuenta y cinco años, al poco tiempo de casarse su hija con el hijo de su rival, casamiento que el mismo Joaquín se las había ingeniado para promover por razones enteramente personales («instrumento de mi desquite», lo llama en su *Confesión*, cap. x). Él dice que empezó a escribirla «para que ella [Joaquina], después de yo muerto, pudiese conocer a su pobre padre y compadecerle y quererle» (cap. XIII), es decir, para que supiese la mala pasada que le habían jugado su mejor amigo y su prima, lo cual le había amargado la vida para el resto de sus días. Esta explicación, sin embargo, parece mucho menos convincente cuando averiguamos que ya antes de la boda de Abelín y Joaquina, Joaquín le había contado a su hija el origen de su malestar (cap. XXXI). Joaquina, pues, no necesita más explicaciones, y por lo tanto la justificación de su *Confesión* que ofrece Joaquín carece de exactitud. Comparemos ahora lo que dice la voz narrativa impersonal: «Esta confesión se decía dirigida a su hija, pero tan penetrado estaba él del profundo valor trágico de su vida de pasión y de la pasión de su vida, que acariciaba la esperanza de que un día su hija o sus nietos la dieran al mundo, para que éste se sobrecogiera de admiración y de espanto ante aquel héroe de la angustia tenebrosa que pasó sin que le conocieran en todo su fondo los que con él convivieron» (cap. XXXI). Según este texto, lo que Joaquín va buscando es la gloria artística, aunque sea póstuma, la gloria que Abel había conseguido en vida pero él no. El narrador impersonal nos lo confirma cuando dice que Joaquín también preparaba unas *Memorias de un médico viejo* por si acaso la *Confesión* fallase, y en estas memorias pintaría con palabras la verdad desnuda de Abel el pintor. Del mismo modo que la *Confesión* es el equivalente del autorretrato que se hizo Abel (cap. XXIII), esas *Memorias* serían para Joaquín el equivalente literario de la obra toda de Abel como pintor y retratista. Aquí podemos apreciar la acertada técnica de Unamuno, pues por medio de ella llegamos a la comprensión de que la obra de Joaquín no es sólo una explicación de su vida, o un desahogo, como dice él en otra ocasión, sino que es un intento desesperado de alcanzar lo que Abel había alcanzado y él le había siempre envidiado, el éxito con los demás. Así pues, la *Confesión* de Joaquín surge como un ejemplo más de su corrosiva envidia, y la técnica narrativa queda perfectamente acoplada al tema. Ahora vemos por qué Unamuno optó por esta técnica bimembre: la obra de Joaquín es obra de su espíritu, es pura continuación de su envidia y de su afán por imponerse, pero él parece no darse cuenta y la interpreta como autojustificación y catarsis. La voz narrativa impersonal nos deja vislumbrar una perspectiva distinta[10].

En otro fragmento escribe Joaquín: «Mi vida, hija mía, ha sido un arder continuo, pero no la habría cambiado por la de otro» (cap. XXXI). ¿Es ello realmente así? En el diálogo que sostiene Joaquín con el aragonés desheredado, y en que éste le confiesa su evidente envidia de la cómoda situación

---

[10] En un momento de su *Confesión* Joaquín llega a cuestionar sus motivos y a preguntarse si más que por desahogarse no sería que tomó sus apuntes del *Caín* de Byron «pensando que podría servirme de materiales para una obra genial. La vanidad nos consume» (cap. XII).

económica de su benefactor diciéndole que cambiaría su vida por la de él, Joaquín, sorprendido, se dice a sí mismo: «¡Pues yo la daría para poder ser otro!» (cap. XXVIII), pensando, claro está, en Abel. De nuevo tenemos aquí una discrepancia entre el Joaquín que escribe y el que vive. El que vive está tan inseguro de sí mismo, tan descontento con su suerte, que se pregunta: «Y yo, ¿quién quiero ser?» (capítulo XXVIII). El que escribe no admite tal posibilidad de cambio: su escrito le obliga a aceptar su amargo destino y desempeñar su papel de héroe trágico. No es, por supuesto, que un papel sea verdadero y el otro falso. Se trata más bien de observar cómo el personaje se crea a sí mismo y a su destino, a la par que le han creado los demás. La *Confesión* es una creación de Joaquín, un crearse contra y por encima de la vida.

Un último ejemplo de esta técnica unamuniana: dice Joaquín que a Abel su «egoísmo nunca le dejó sentir el sufrimiento ajeno», y que al decirle éste a aquél el día de su boda «comprendo tu sacrificio» lo dijo por pura fórmula y sin sentimiento alguno por su parte (cap. V). Éste es el Abel insensible, calculador,ególatra que aparece en la *Confesión*. Sin embargo en otras ocasiones vislumbramos un Abel distinto, un Abel lleno de preocupaciones y remordimientos. A Helena le confiesa que lo que hicieron ellos con Joaquín, al ponerse en relaciones a hurtadillas, no estuvo bien y le causa desazón, escrúpulos que Helena desecha airadamente (cap. IV). Cuando Abel cae gravemente enfermo llama a Joaquín en su delirio, nueva señal de que su conciencia no está tranquila y quiere pedir perdón a su amigo, como volverá a intentar hacer con motivo de la petición de mano de Joaquina, sin que Joaquín se lo permita. Y finalmente, algo que se repite en varias ocasiones, Abel nunca habla mal de Joaquín sino todo lo contrario, lo defiende, alaba su sinceridad, insta a Joaquinito, el nieto, a que quiera a su otro abuelo, y además, en contra de lo que piensa Joaquín, cala en el interior atormentado de su amigo: «Es un alma de fuego, tormentosa», dice en una ocasión (cap. XIII); y en otra: «¡Si se pudiera pintar el alma de Joaquín!» (cap. XXV). Nada hay que nos permita negar la autosuficiencia de Abel (como indica Abelín y como indica también el narrador impersonal); pero ello no impide que, a pesar de la falta de emoción y de la inconsciencia que Joaquín dice detectar en él, Abel intuya la lucha que se debate en el alma de su amigo y demuestre cierta actitud comprensiva y generosa hacia él. Las valoraciones subjetivas de los personajes hay que verlas como tales.

Volviendo ahora a la pregunta que formulábamos más arriba —la de la posible conexión entre las dos voces narrativas—, vemos que la novela adquiere una dimensión adicional con la *Confesión*. No es que haya dos versiones de una misma vida, una objetiva y verdadera, la otra subjetiva y falsa. Las dos versiones no se excluyen mutuamente, y los hechos básicos de cada relato no cambian, sino que en muchos casos se corroboran[11]. Lo que ocurre es que al cederle la palabra a su personaje, Unamuno nos hace ver el mundo desde la perspectiva del personaje, es decir, no observamos cómo es sino que observamos *cómo él cree ser*. Y no sólo el que cree ser sino el que aspira a ser. Lo que caracteriza a Joaquín no es únicamente su comportamiento, sino también su interpretación de sí mismo, y por supuesto su interpretación de los demás en relación a él. La *Confesión* surge como un intento de superarse a sí mismo, de convertir su dolorosa realidad en el papel que le ha tocado representar en la vida, de hacer frente a su destino y hacer de él su razón de ser. Y sobre todo su *Confesión* es el darse a conocer a los demás tal y como él se ve. La función de estos fragmentos autobiográficos dentro de la novela es, pues, caracterizar al personaje por encima de sus acciones, es ver el ser, o el otro yo, que él se crea para sí. Ya volveremos sobre esta noción más adelante.

Hay otra técnica unamuniana en esta novela que merece comentario. Aparte del uso convencional de *leitmotifs* —por

---

[11] La técnica de las dos versiones aparecerá de nuevo en *Tulio Montalbán y Julio Macedo* y, de manera fuertemente original, en *San Manuel Bueno, mártir*, donde tenemos dos versiones de la vida del párroco, la ortodoxa, que corre a cargo del obispo de la diócesis, y la heterodoxa, a cargo de su discípula Ángela Carballino y que nace como respuesta.

ejemplo, Joaquín asocia el «robo» de Helena con el retrato que le hace Abel, situación que se repite al final con los dibujos que éste le hace al nieto y que provoca de nuevo el odio de Joaquín, que presiente un nuevo «robo»— hay también un uso, menos obvio y más original, de la técnica de la inversión. Aun tratándose de una historia en la que hay un protagonista y un antagonista, Unamuno no los presenta exclusivamente como rivales, sino que en cierto sentido Joaquín y Abel parecen complementarse. Verdad es que la novela es principalmente la historia de Joaquín Monegro. Pero el marco narrativo deja bien claro que en la concepción unamuniana del mito Joaquín necesita a Abel tanto como en la bíblica: vienen al mundo juntos, se crían juntos, aprenden lo que son en relación a lo que es el otro. Y al final vemos que Joaquín no puede vivir sin Abel, que su vida sin él carece de sentido. Ni siquiera se interesa ya por su nieto, causa de su última y mortal disputa con Abel. La muerte de su rival y amigo le hace sumirse en una profunda melancolía, y muere él a su vez, de causa misteriosa, sólo un año después de aquél. Pero lo más interesante de la complementariedad de los dos personajes en el esquema de la novela es que esta noción unamuniana queda reflejada y reforzada mediante una técnica muy particular, la cual consiste en intercambiar las características o creencias de cada personaje, hacer que uno haga suyas las ideas del otro. Veamos algunos ejemplos.

En cierta manera parece obvio que Abel, el pintor, representa el arte, y Joaquín, el médico, representa la ciencia. Pero a pesar de que discuten sobre este tema, cada uno desde su perspectiva, no hay en realidad oposición; lo que sí hay es cierta fluidez de ideas y de actitudes. Joaquín aconseja a su amigo que no haga literatura con el pincel, idea que acepta y repite más tarde Abel cuando dice que él no pone títulos a los cuadros porque eso es cosa de literatos. Pero además el literato resulta ser Joaquín; él es en quien el *Caín* de Byron hace verdadera mella. Abel a lo que aspira, como él mismo dice, es a pintar el alma de Caín, pero quien lo hará será el médico, no sólo en el discurso de homenaje a su amigo, sino aun más en su *Confesión*. Y siguiendo en esta misma línea de pintar con palabras o con pincel, según Joaquín los demás son para Abel «a lo sumo, modelos para sus cuadros» (cap. v) ; pero tenga o no razón Joaquín, lo que sí está claro es que para éste en sus *Memorias* los pacientes que ha tenido se convierten en ejemplos «que había cosechado de la práctica de su profesión de médico». Así habla de «desnudar las almas» y de hacer que las gentes se vean «al desnudo» (justo lo que Abel había querido hacer en su *Caín*, «dos estudios de desnudo»); y finalmente quiere Joaquín retratar a Abel y Helena, retrato que «valdría por todos los que Abel pintara» (cap. xxxi). Y por si el paralelismo entre el «pintor científico» y el «médico artista» (cap. xi) no estuviese ya perfectamente perfilado, el narrador añade un último detalle: refiriéndose a la nueva actitud de Joaquín hacia Abel, dice que «mirábale como a un modelo» (cap. xxxi), lo cual es justo lo que Joaquín había criticado en su amigo. Joaquín y Abel se creen muy distintos el uno del otro, y así también lo creen otros personajes, pero en cambio observamos que Unamuno les hace enunciar conceptos análogos con distintas palabras.

Durante su primera discusión en torno a la historia de Abel y Caín según el *Génesis*, Joaquín sale a la defensa de Caín inculpando del fratricidio bíblico tanto a Dios como a la propia víctima: a Dios por haber favorecido a Abel y desdeñado a su hermano, y a Abel por haberse jactado de ser el favorito provocando así la envidia. Ante la sorpresa de su amigo, Joaquín ataca a los que él llama abelitas, por «ser unos arrogantes que van a deprimir a los otros con la ostentación de su justicia», y porque «los abelitas han inventado el infierno para los cainitas porque si no su gloria les resultaría insípida. Su goce está en ver [...] padecer a los otros» (cap. xi). Curiosamente, la defensa de Caín mediante el contraataque a sus detractores se vuelve a repetir más adelante, salvo que ahora es Abel quien defiende a Caín. Efectivamente, Abel defiende la tesis de que los ortodoxos, los que piensan que Dios está de su parte, persiguen a los heterodoxos porque no consienten que éstos se distingan de la mayoría. Esta vez el sorprendido ante tal argumento es Joaquín, que pregunta si estas personas, a quienes Abel ha calificado de vulgares, ramplonas y faltas de imaginación, no tienen derecho a defenderse; a lo que contesta Abel que no hay que comparar a Caín con esos otros espíritus mediocres. La envidia de Caín no era la de los mezquinos y fanáticos; era, dice Abel, «algo grande» (cap. XVI), con lo que se nos da a entender que Caín hizo lo que hizo no por motivos bajos sino como una singular protesta y un acto de rebeldía ante un destino injusto, o sea que el acto de Caín no fue venganza sino tragedia. Como vemos, el argumento que esgrime Abel es esencialmente el mismo que utilizó antes Joaquín, demostrando incluso la misma actualización del mito bíblico, es decir, su interpretación desde la perspectiva de una sociedad moderna. La idea volverá a aparecer en la *Confesión* de Joaquín cuando éste invoca «la suprema injusticia [...] de los favores de la fortuna» (cap. XXXI). Lo cual nos conduce directamente a la consideración del tema central de la novela: la envidia.

3. CAÍN Y ABEL: LA ENVIDIA Y SU PROYECCIÓN ONTOLÓGICA

Como ya hemos observado, la envidia —sus causas y sus consecuencias— fue tema que fascinó a Unamuno a lo largo de su vida: las innumerables referencias en sus artículos son amplio testimonio de esta fascinación. Ahora bien, aunque el tema tenga en Unamuno distintas facetas y aplicaciones, el origen literario de esta fascinación no es ningún misterio. Se comprende quizá que el joven norteamericano del prólogo le preguntase a Unamuno si sacó su historia del *Caín* de Byron, ya que esta obra impresiona profundamente al protagonista de *Abel Sánchez*. Pero la contestación está a la mano y no es precisamente la que Unamuno le dio al joven investigador («yo no he sacado mis ficciones novelescas de libros»), tal vez porque la verdadera respuesta es tan obvia que apenas necesita indicación. Si la inspiración formal o narrativa la constituye la larga tradición de la historia de los dos amigos, la temática proviene de la Biblia. El punto de partida es incuestionablemente el *Génesis*, capítulo 4, versículos 1-16, que Unamuno citó textualmente en varias ocasiones[12]. El relato del *Génesis* no puede ser más sencillo y escueto; y sin embargo cualquier lector de la Biblia medianamente curioso no puede dejar de hacerse ciertas preguntas. El problema no está en que Caín mate a su hermano Abel por envidia, sino en la causa de esa envidia y en sus consecuencias. ¿Por qué aceptó Dios el sacrificio que le ofrecía Abel y no el de Caín? ¿No fue el mismo Dios la causa directa de la envidia de Caín por su predilección por Abel? Y al castigarle con su maldición tras el fratricidio y condenarlo al exilio, y otorgarle su señal para que los demás le reconociesen, ¿no estaba Dios condenando a toda la descendencia de Caín a ser unos marginados? Estas preguntas carecen, evidentemente, de respuestas lógicas, pero son en cambio fuente de especulaciones que han servido de inspiración a muchos poetas y fabulistas, entre los cuales se halla, como máximo apologista de Caín, el poeta romántico inglés, Byron. El mismo Unamuno, en sus referencias ensayísticas al mito bíblico, parece sentir cierta simpatía hacia la figura de Caín[13]. Esto se trasluce en la novela que comentamos: en el capítulo XI Abel y Joaquín discuten el fratricidio del *Génesis*, del cual Abel lee el capítulo 4, versículos 1-9, entre las interrupciones de su amigo. Las objeciones de Joaquín al relato son contundentes: si Caín envidió a su hermano es porque su ofrenda fue desdeñada por Dios, y si Dios rechazó la ofrenda de Caín porque previó su envidia, entonces es que le había hecho envidioso. Visto así, Caín llevaba las de perder desde un principio, y por lo tanto la falta de justicia es evidente. Pero ahora viene lo peor en las lucubraciones de Joaquín, algo que deja estupefacto a su amigo, y es que acusa al bíblico Abel de ser tan fratricida como su hermano. Abel, una vez que se sabía el favorito de Dios, no hubiese dudado en deshacerse de su hermano:

---

[12] Por ejemplo en *Paisajes* (1902), OC, I, 66.

[13] Por ejemplo en *Del sentimiento trágico de la vida*, cap. XI, dice Unamuno que si Caín no hubiese matado a Abel tal vez hubiese sido muerto a manos de éste, y propone su rehabilitación, rescatándolo de sus enemigos y haciendo de él un héroe guerrero (OC, VII, 273).

Porque no me cabe duda de que Abel restregaría a los hocicos de Caín su gracia, le azuzaría con el humo de sus ovejas sacrificadas a Dios. Los que se creen justos suelen ser unos arrogantes que van a deprimir a los otros con la ostentación de su justicia [...]

—¿Y tú sabes —le preguntó Abel, sobrecogido por la gravedad de la conversación— que Abel se jactara de su gracia?

—No me cabe duda, ni de que no tuvo respeto a su hermano mayor, ni pidió al Señor gracia también para él. Y sé más, y es que los abelitas han inventado el infierno para los cainitas porque si no su gloria les resultaría insípida. (capítulo XI)

Es justo en este punto donde comienza la reelaboración unamuniana del mito bíblico. El germen de la historia está en la Biblia, o mejor dicho y aunque parezca paradójico, está en lo que la Biblia no nos explica. Caín no escoge ser envidioso, *le han hecho* envidioso. Y esta envidia resulta superior a sus fuerzas. A Abel no lo pone Dios a prueba; a Caín sí. Y cuando fracasa ante esta prueba se ve desterrado y marcado por la mano de Dios. La lucha de Caín es con su destino, con un destino sobre el cual él no creía poder ejercer ningún control. El Joaquín Monegro de Unamuno comparte esa misma situación: él es como es y no puede remediarlo, aunque lo intentará. Se siente, como Caín, el gran rechazado. La pérdida de Helena es evidentemente un fuerte motivo de envidia y de odio; pero hay que tener en cuenta que el problema de Joaquín viene de atrás. Apenas exageraríamos al decir que es un problema de nacimiento: «nací condenado», dice Joaquín (cap. III). Efectivamente, resulta que desde niños estos dos más que amigos, «casi más bien hermanos» (cap. I), son percibidos de muy distinta manera: Abel sabe hacerse el simpático mientras que Joaquín, sin que él sepa por qué, resulta antipático. El paralelo bíblico es exacto.

Si la Biblia fue la principal inspiración temática de *Abel Sánchez*, también pudo haber algún estímulo por parte de ciertas versiones modernas del mito, como el cuento de Leopoldo Alas *Benedictino* (1893) o el de Máximo Gorki

Caín y Artemio (versión española de 1905)[14]. Lo que no se puede dudar es el impacto del *Caín* de Byron, que Unamuno inteligentemente incorpora a su relato mediante el ingenioso recurso de la sugestionabilidad del protagonista, profundamente impresionado por la lectura de la obra. Según Julio Casares, Unamuno se apropió la idea de Byron, enunciada por su Caín al final de la obra, de que lo peor del fratricidio es la falta de descendencia del dulce Abel que al mezclarse con la suya hubiese atenuado la violencia de su sangre: «El señor Unamuno, reanudando el drama donde lo termina el poeta inglés, y apropiándose la idea genial puesta por éste en boca de Caín, casa a Abel Sánchez con Helena y les da un hijo; casa a Joaquín con Antonia y les da una hija; hace que los muchachos se casen entre sí y nos ofrece la fusión de las sangres en Abelín, el nieto único»[15]. Pero no es aquí donde mejor se aprecia la influencia de Byron, ni siquiera repite Joaquín la idea del Caín byroniano de atenuar la mala sangre de su raza mezclándola con la más dulce de la raza de su hermano, sino que habla de perpetuar un odio, de tener un hijo que le vengue. La influencia de Byron se nota principalmente en la actitud de protesta del Joaquín escritor de su *Confesión*, protesta ante lo que tanto él como el Caín del poeta inglés ven como un destino injusto. Ambos se preguntan por qué existen, por qué son como son y no de otra manera, por qué nadie simpatiza con ellos, y por qué les atormenta el afán del conocimiento, del querer saber. Los verdaderos vínculos entre los dos personajes —y los dos autores— no son en el fondo empréstitos de situación o coincidencias textuales, sino un constante afán de cuestionar lo autorizado u ortodoxo en su búsqueda de respuestas a las in-

---

[14] John W. Kronik, «Unamuno's *Abel Sánchez* and Alas's *Benedictino*: A Thematic Parallel», *Spanish Thought and Letters in the Twentieth Century*, ed. Bleiberg y Fox, Nashville, 1966, págs. 287-297. Paul Ilie, «Unamuno, Gorky and the Cain Myth: Toward a Theory of Personality», *Hispanic Review*, XXIX (1961), págs. 310-323.

[15] Julio Casares, *Crítica efímera*, II, Madrid, 1944, pág. 77. Por cierto que Casares se equivocó al llamar a Abelín nieto único. Abelín tiene una hermana.

justicias de la existencia, en resumen, una afinidad espiritual[16].

Muy diferente, claro está, es la dimensión social de las dos obras, no sólo por pertenecer a dos épocas y dos sociedades distintas sino por darse de forma mucho más explícita en la del escritor español. En el prólogo a la segunda edición Unamuno insiste en lo que su novela tiene de aplicable a la vida española: la envidia, escribe, es «la lepra nacional española», y el origen de la temible Inquisición que aún hoy existe en la mentalidad del pueblo. A Unamuno evidentemente le preocupaba el mal cariz que iban tomando las cosas en España y la posibilidad de un desenlace trágico. Pero no debemos concluir que la dimensión social de la obsesión de Joaquín (la versión colectiva de la envidia) pertenece a una visión posterior a la composición de la obra. Ya en la novela se habla de fanáticos inquisidores, de cainitas pero en pequeño, de gente que envidia sin la grandeza de Caín, de «gentes del pueblo [que] todo lo atribuyen a bebedizos o a envidias... ¿Que no encuentran trabajo? Envidias... ¿Que les sale algo mal? Envidias... El que todos sus fracasos los atribuye a ajenas envidias es un envidioso» (cap. VIII). Cuando Joaquín va al Casino en busca de distracción que le haga olvidar la obsesión que le corroe el espíritu lo único que encuentra son habladurías, malas pasiones y cinismo; como dice él mismo, lo único que se hace allí es «desollar al prójimo» (cap. XXII).

Sin embargo no es este aspecto, que Unamuno destaca en 1928 por razones comprensibles, el más importante de la novela. Más allá de la dimensión social está la dimensión existencial, lo que más profundamente caracteriza a la obra toda de Unamuno. De poco vale acudir a los numerosos artículos, ensayos y cuentos en que Unamuno se re-

---

[16] La expresión es de Ofelia M. Hudson, quien se refiere a «la afinidad espiritual entre Byron y Unamuno, separados por el tiempo, por la lengua y por la cultura, pero hermanados por su sensibilidad y por su visión ética de la existencia» (*Unamuno y Byron: la agonía de Caín*, Madrid, 1991, página 10).

fiere a la envidia en busca de una aclaración o al menos una pista que nos dé la clave del problema de Joaquín Monegro, puesto que todas estas múltiples referencias nos ofrecen toda una gama de explicaciones, incluso contradictorias entre sí, de lo que es la envidia. En el caso de Joaquín podemos empezar por decir lo que no es, siguiendo las indicaciones del mismo Unamuno en el prólogo y de Abel en la novela. Éste le recuerda a Joaquín que la envidia de Caín no era una cosa vulgar y ramplona sino algo grande, algo muy distinto de la envidia que caracteriza al fanatismo inquisitorial, comentario del cual se hace eco Unamuno en su prólogo de 1928 al escribir que la envidia de Joaquín no es la «envidia hipócrita, solapada, abyecta, que está devorando a lo más indefenso del alma de nuestro pueblo». La de Joaquín es, por contraste, «una envidia trágica [...], angélica».

En su nivel más rudimentario la envidia de Joaquín se debe a que Abel posee una cualidad de la que él carece: la de tener éxito con los demás. Esta sensación que ya Joaquín había experimentado de niño se ve fuertemente exacerbada por el asunto de Helena. No se trata de un caso sencillo de celos. Joaquín no parece que sienta verdadero amor por Helena; lo que no puede tolerar es que ésta quiera a otro y no a él: «Debe de querer a otro, aunque éste no lo sepa. Estoy seguro de que quiere a otro» (cap. I). Luego, cuando conoce las relaciones de su prima con Abel, no acepta que aquélla pueda querer a éste, sino que está convencido de que se trata de una decisión motivada por la afrenta y el menosprecio de su persona. La boda representa para él el rechazo público de sus aspiraciones y, aunque reconoce que no tiene razón, su odio se hace ya incontrolable. Todos sus sentimientos afectivos se le quedan congelados («el descubrimiento de que no hay alma» lo llama él) salvo la obsesión por demostrar su superioridad a los que le han humillado, humillación que jamás conseguirá olvidar, como le confiesa a su esposa más adelante. Todo esto es comprensible y una reacción, si bien un tanto exagerada, no exenta de representatividad humana. Que Joaquín se sienta profundamente dolido, que albergue cierto odio hacia quienes le han tratado con tal desapego, no parece que tenga nada de excepcional. Lo extraordinario no es ni la conducta de Joaquín ni siquiera su sentimiento de hostilidad; lo extraordinario es su meditación sobre sí mismo, su insistencia en analizarse y verse como la envidia y el odio personificados. Al poco tiempo de casarse Abel enferma de gravedad, y Joaquín hace todo lo posible por salvarle cuando, él bien lo sabe, podía haberle dejado morir. La actuación de Joaquín es cabal y honrada, a pesar de la tentación (nueva disponibilidad de Helena) que dice haber padecido. ¿Pero qué interpretación nos da el mismo Joaquín de su buena actuación médica y moral? Que salvó a Abel porque lo necesitaba vivo, es decir, necesitaba que siguiese existiendo el objeto de su odio. Aquí precisamente está lo verdaderamente patológico de este personaje: su insistencia en que su vida no puede ser otra cosa que un odio continuo.

Joaquín no sólo odia sino que se ve a sí mismo odiar. Se convierte así en el contemplador de su propio ser, de un ser que odia y que es al mismo tiempo odioso. Como él se ve odioso no comprende que los demás puedan verle de otra manera. A Helena le dice que busca una mujer que le diga la verdad, «que se case conmigo por desesperación, porque yo la mantenga, pero que me lo diga» (cap. VI), y a Antonia le insiste en que le diga que es un antipático cuando ella sólo ve a «un hombre que sufre» (cap. VII). Joaquín no se convence, y años después escribe en su *Confesión* que su mujer estaba «empeñada en quererme y en curarme, en vencer la repugnancia que sin duda yo debía inspirarle. Nunca me lo dijo, nunca me lo dio a entender» (cap. VII). Está claro que Antonia no siente ninguna repugnancia por su esposo, que lo que siente es amor. Para Joaquín esto es sencillamente inconcebible, y por eso prefiere inventar otra explicación de la conducta de su esposa. Incapaz de sentir amor por sí mismo, no comprende que otra persona pueda sentirlo por él. Incluso prefiere que los demás confirmen su antipatía y naturaleza odiosa manifestando desprecio por él. Así al menos quedaría justificada su visión de sí mismo. Al decir que preferiría que su mujer fuese colérica, mala y despreciativa, es decir, que fuese como él, el problema de su personalidad adquiere tonos patológicos[17].

Al descubrimiento inicial de que no hay alma sigue el más terrible de que su alma es su odio: «y vi que aquel odio inmortal era mi alma» (cap. XII). El mito de Caín en la Biblia y en Byron le hace aún más introspectivo. Reconoce en el odio una fuerza trascendental y universal, el Demonio mismo. Joaquín se convierte así en un poseído, en un ser invadido por una fuerza satánica que es la envidia y el odio. Es un odio preexistente y eterno del cual él, Joaquín, no es sino una manifestación personificada: «Y me sobrecogí de espanto al pensar en vivir siempre para aborrecer siempre. Era el Infierno» (cap. XII). El nacimiento de su hija, sin embargo, supone una posibilidad de salvación. No superar esa pasión malsana supondría transmitirla a su descendencia, y ante tan espantosa perspectiva Joaquín decide hacer un esfuerzo por liberarse de ese sentimiento dominante y obsesivo que representa para él su arrolladora envidia de Abel. Hay momentos en que el personaje parece que se escinde en dos, el que se siente ser y el que aspira a ser. Así, tras un discurso de felicitación a Abel, discurso lleno de emoción y poder evocativo y cuya autenticidad nadie cuestiona salvo el propio Joaquín, éste, al abrazar lloroso a su amigo de la infancia, oye a su demonio que le dice: «¡Si pudieras ahora ahogarle en tus brazos!» (cap. XIV). Esta escisión de la personalidad de Joaquín la comentó con característica lucidez Julián Marías, cuyas palabras merece la pena recordar:

> Joaquín oscila siempre entre dos extremos: el afán de curación, de liberarse de su odio, y el hondo apego a él, su radical vinculación a la pasión que lo devora. Y esto revela que siente a su odio como su propia realidad, como un momento ontológico que lo constituye; Unamuno ve clara-

---

[17] Existe una interpretación de la conducta de Joaquín a la luz de las teorías psicoanalíticas de Melanie Klein, según la cual el problema de inadaptación de Joaquín tiene su origen en un difícil período de lactancia del personaje. Ver Michael D. McGaha, «*Abel Sánchez* y la envidia de Unamuno», *Cuadernos de la Cátedra Miguel de Unamuno*, XXI (1971), págs. 91-102.

mente que no se trata de un sentimiento, sino de una determinación del ser[18].

Aunque quisiera curarse, ni el matrimonio, ni la hija, ni el heroico discurso que sirve para consagrar la fama y el arte de Abel, le traen alivio. Ni siquiera la práctica religiosa a la que se entrega casi con desesperación le sirve de consuelo; ni le puede servir, dado que él está convencido de que es malo no por elección sino por predestinación, o, como dice desde un principio, «nací condenado» (cap. III). Lo cual, claro está, repercute en su visión de Dios, último responsable de su ser. El segundo rechazo que sufre a manos de Helena, tras el certero análisis que ésta hace de sus motivos, supone una nueva humillación, y le confirma su propia convicción de que es un ser maldito, «acabó de enconarle el ánimo» (cap. XVIII). Ni siquiera tolera la mansedumbre de aquéllos que aceptan sumisamente su despótica arbitrariedad, por considerar que ello equivale a hacer méritos a su costa. Las visitas al Casino, adonde va por distraerse, se convierten en todo lo contrario al autotraicionarse con sus palabras: la revelación pública de su amargura. Es aquí cuando el espíritu de Joaquín desciende a su nadir, y lleno de resentimiento se pregunta por qué tiene que ser él el envidioso y no el envidiado, interrogante que inmediatamente desemboca en una nueva invocación del tema bíblico:

"Mas ¿no es esto —se dijo luego— que me odio, que me envidio a mí mismo?..." Fuese a la puerta, la cerró con llave, miró a todos lados, y al verse solo arrodillóse murmurando con lágrimas de las que escaldan en la voz: "Señor, Señor. ¡Tú me dijiste: ama a tu prójimo como a ti mismo! Y yo no amo al prójimo, no puedo amarle, porque no me amo, no sé amarme, no puedo amarme a mí mismo. ¿Qué has hecho de mí, Señor?" (cap. XXI)

Aquí podemos apreciar cómo, en la obra de Unamuno al igual que en la de Byron, tras el tema de la envidia se esconde el tema de la personalidad, que en Unamuno a menudo

---

[18] Julián Marías, *Miguel de Unamuno*, 2ª edición, Buenos Aires, 1951, pág. 103.

conlleva afinidades religiosas. La pregunta ¿quién soy? o ¿cómo soy? resulta ser inseparable de la pregunta ¿cuál es mi destino? Para Joaquín, como para tantos otros personajes unamunianos, el problema proviene esencialmente de la inseguridad ontológica del individuo. Se trata, claro está, de individuos de una sensibilidad totalmente fuera de lo común. La sociedad humana está llena de envidiosos, pero pocos se preguntan por qué lo son. El personaje unamuniano no sólo se lo pregunta sino que se deja invadir por la angustia al no poder contestar esa pregunta. Se trata, pues, de una actitud plenamente existencial, muy cercana a la que los filósofos existencialistas de los años veinte y treinta se dedicarían a investigar. Volveremos sobre este aspecto en el último apartado.

A partir de aquí Joaquín recupera un tanto su ecuanimidad, dedicando su atención primero a su hija y al joven médico, Abelín, después. Los años de niñez y juventud de Joaquina y Abelín apenas si están novelados. Para facilitar la transición a lo que será la última lucha de Joaquín —la lucha por el nieto— Unamuno introduce las anécdotas de Federico Cuadrado, que no ve sino malicia e hipocresía en todo ser humano, y del aragonés desheredado, un Caín que debió matar a su hermano pero que no se atrevió a hacerlo. Estos episodios van evidentemente vinculados al tema central de la novela —la actitud cínica de Federico es consecuencia de sus dolorosas circunstancias familiares, mientras que el aragonés vive amargado, envidiando a los ricos y deseando la muerte para sí— pero apenas si esclarecen o añaden nada a lo esencial del problema del ser. Su función es más bien ampliar la narración y hacer tiempo mientras la nueva generación se prepara para su papel. La historia vuelve a su centro con el noviazgo y matrimonio de los hijos de Abel y Joaquín y el nacimiento del nieto. Aquí hay toda una recapitulación temática. Arrebatarle el hijo a Abel supone para Joaquín una venganza: «Él me quitó a Helena, yo les quitaré el hijo. Que será mío, y ¿quién sabe?..., acaso concluya renegando de su padre cuando le conozca y sepa lo que me hizo», discurre Joaquín (cap. xxiv). Pero el proyecto de venganza tiene dos fallos. Primero, Joaquín olvida que Abel no reacciona como él, que no comparte su afán posesivo, su necesidad de dominar a los demás; que le «roben» al hijo no le afecta, y por lo tanto la venganza de Joaquín es ilusoria. Segundo, la atención que Joaquín dedica a Abelín no pasa inadvertida para su hija, la cual, vislumbrando los oscuros motivos de su padre, decide buscar su redención en un acto de abnegación suprema. Ante la inminente pérdida de la hija, Joaquín se las ingenia para lograr el matrimonio de la joven pareja, maniobra cuyo éxito supone a la vez retener a la hija y apropiarse el hijo de su rival. Con este triunfo, Joaquín, nos dice el narrador, parece comenzar a vivir de veras. Que ello no es así, que las inquietudes de antaño siguen vivas, lo demuestra el hecho de que es precisamente ahora cuando decide escribir su *Confesión*. En vez de escribir la obra médica que le hubiera otorgado la fama que tanto anheló para ponerse a la altura de Abel, vuelve la mirada hacia su interior en un acto más de introspección para revivir sus odios y angustias. Cuando tiene la salvación a la mano no la acepta. Sigue empeñado en representar su papel, el que le ha asignado su destino: «Porque Joaquín se creía un espíritu de excepción, y como tal torturado y más capaz de dolor que los otros, un alma señalada al nacer por Dios con la señal de los grandes predestinados» (cap. XXXI). En el espíritu de Joaquín hay una profunda, una ineludible contradicción. Pues si por una parte protesta con vehemencia ante la injusticia del destino que le ha condenado a una vida de amargura, por otra hace todo lo posible por no eludir ese destino. El Dios que le condena a ser como es no es otro que el que lleva dentro de sí.

Inculpar a Abel de envidia, quitarle el hijo y rebajar al padre ante los ojos de éste, todo ello deja a Joaquín insatisfecho. Cuando nace el nieto vuelve a la lucha, sintiendo que Abel se lo quiere arrebatar: «quiere vengarse de lo de su hijo. Sí, sí, es por venganza, nada más que por venganza. Quiere quitarme este último consuelo. Vuelve a ser él, él, el que me quitaba los amigos cuando éramos mozos» (capítulo XXXVI). Pero, como nos deja entrever el narrador, Joaquín malinterpreta los motivos de Abel: éste no parece tener tal intención, y además, como ya hiciera antes con su hijo, intenta proyectar ante el nieto una imagen positiva del otro abuelo, consciente siempre de lo que ocurrió con Helena. Sin embargo, el éxito que los dibujos de Abel tienen con Joaquinito, y las visitas de éste a casa de aquél, suscitan la envidia de Joaquín hasta niveles irracionales. No puede consentir que alguien quiera a otro más que a él. Abel, por única vez, se deja provocar por las falsas acusaciones de Joaquín y le espeta la réplica que Joaquín más teme y que le hiere en lo más vivo:

> —Y si el niño no te quiere como tú quieres ser querido, con exclusión de los demás o más que a ellos, es que presiente el peligro, es que teme...
> —¿Y qué teme? —preguntó Joaquín palideciendo.
> —El contagio de tu mala sangre. (cap. XXXVII)

Esto a fin de cuentas es precisamente lo que el propio Joaquín ha venido pensando y escribiendo de sí mismo durante toda su vida; abundan las metáforas médicas: lepra, gangrena, tumor, tisis, envenenamiento, y múltiples referencias a la sangre, como también a la curación de su enfermedad. Joaquín mismo habíase referido, en confesión con el padre Echevarría, a su «mala sangre» (cap. XV). Pero oír sus mismas palabras por boca de su rival le resulta insufrible, es confirmarle en su creencia de que jamás podrá conseguir el amor espontáneo y desinteresado de otra persona. Su rabia es signo de su desesperación. Abel muere de un ataque cardíaco, pero Joaquín interpreta el suceso en términos bíblicos: «Y le he matado yo, yo; ha matado a Abel Caín, tu abuelo Caín» (cap. XXXVII). Abel es como una sombra que le ha sorbido la capacidad de simpatía y agradamiento que Joaquín desesperadamente quiere para sí. Quitarle al hijo y al nieto resulta no ser solución. «¿No le dejarán a Caín nada?», exclama ante el cuerpo inerte de su amigo y rival. La muerte de Abel le priva de la posibilidad de reconciliación con ese otro yo envidiado y odiado que era Abel para Joaquín. Ya no tiene sentido buscarse en Abel, es decir, buscar ese yo que le elude.

Sólo en su lecho de muerte, como un Don Quijote que recobra su cordura, reconocerá sin ambages Joaquín su culpabilidad, o al menos su parte de ella. Pues si por un lado sigue haciendo esa pregunta trascendental de «¿Qué hice para ser así?» (cap. XXXVIII), pregunta que no puede ir dirigida sino a su Dios, por otro se acusa públicamente de haberse negado a amar: «No te he querido. Si te hubiera querido me habría curado», le dice a su esposa, y ante las protestas de ésta vuelve a insistir: «No, no te he querido; no he querido quererte» (cap. XXXVIII). Aquí está la tragedia de Joaquín: la solución la tenía en la mano pero no quiso reconocerla, cegado por la incomprensibilidad de su destino. No supo responder con amor al amor de otra persona. Sin embargo este reconocimiento o arrepentimiento tardío no resuelve la paradoja creada por Unamuno. El papel de Joaquín, tanto novelística como trascendentalmente, es el del envidioso, y él percibe el signo de Caín en sí mismo. Como médico y buen psicólogo que es reconoce que sus reacciones vienen dictadas por su personalidad. La cuestión está en si uno puede cambiar de personalidad sin dejar de ser el que es. Ésta es la paradoja que Unamuno ni resuelve ni pretende resolver.

Con Abel pasa lo propio, lo cual es fuertemente indicativo del concepto unamuniano que subyace a la obra y sobre el cual volveremos en el último apartado. ¿Tiene razón Joaquín al decir que la culpa de su muerte recae sobre el propio Abel? En este caso concreto hay que atenerse al papel del epónimo personaje y a su caracterización dentro de la novela. Inmediatamente nos encontramos con un problema, y es que no hay una versión enteramente fidedigna del personaje. Hay desde luego aspectos parciales, pero incluso éstos resultan a menudo contradictorios entre sí. Que Unamuno quiere hacer ver que en el mito bíblico Abel no está exento de culpa lo prueban no sólo la forma en que comenta el *Génesis* sino también sus muchas referencias hechas en tono crítico a los seguidores de Abel o abelitas que no se dan cuenta de ello. Ahora bien, una cosa son los mitos y otra los seres humanos, y los personajes unamunianos suelen encarnar no sólo los símbolos de aquéllos sino además las contradicciones de éstos. Por lo general la figura de Abel en esta novela ha suscitado comentarios condenatorios entre la crítica. Incluso algunos críticos de renombre, influidos tal vez por los comentarios hostiles de Unamuno sobre los abelitas, ofrecen una valoración de *Abel Sánchez* bastante más negativa de la estrictamente permisible a la luz del texto. El Abel de *Abel Sánchez* está visto desde fuera, más que nada desde la perspectiva de Joaquín, que no es, claro está, objetiva, pues Joaquín le envidia primero su simpatía y luego su creciente fama de pintor. La voz narrativa impersonal apenas si nos ofrece algún comentario sobre Abel, lo cual es ya de por sí bastante significativo. La discrepancia entre lo que dice Joaquín de Abel y lo que dice el narrador o presentador es un factor clave, como certeramente ha visto Isabel Criado Miguel, pues crea lo que ella llama una «dualidad de miradas»:

> [...] se consigue crear un contrapunto visual que establece la duda sobre la verdad de Abel. El presentador nos muestra este personaje de una manera, mientras que en la Confesión se da una valoración que entra en conflicto con lo que de él conocemos. Aparece así el contrapunto, la ambigüedad, la duda, sobre quién es Abel: ¿el que parece ser en su discurrir cotidiano ante el lector, el que habla y se comporta habitualmente, o el que Joaquín piensa que es?[19].

Si nos atenemos sólo a la conducta de Abel, lo que se puede inferir acerca de sus motivos es bien poco. Al contrario que a Joaquín, no le interesa dominar a los demás, pero en cambio sabe aprovecharse de su popularidad. Al comienzo de su noviazgo se quiere sincerar un tanto hipócritamente con Joaquín, pero observamos también que le remuerde la conciencia por haber sido el preferido de Helena (con lo cual Unamuno lo diferencia de los abelitas inconscientes), aunque lógicamente, y como él mismo dice, haber rechazado a Helena no ofrecía ninguna garantía de que Joaquín la hubiese conseguido para sí. Lo mismo ocurre con el

---

[19] Isabel Criado Miguel, *Las novelas de Miguel de Unamuno. Estudio formal y crítico*, Universidad de Salamanca, 1986, pág. 132. Las cuatro páginas que dedica la autora a *Abel Sánchez* se cuentan entre las más sagaces que se han escrito sobre la técnica narrativa de esta novela.

nieto. El que intenta monopolizarlo es Joaquín. Que el pequeño se sienta más atraído por el abuelo paterno es para Joaquín un suplicio, pero no hay ningún indicio de que Abel se proponga hacer sufrir al otro abuelo. Si los motivos de Joaquín son contradictorios, también, en lo poco que se nos dice de ellos, lo son los de Abel. En más de una ocasión expresa su aspiración artística a captar el alma de la persona; pero paradójicamente cree a la vez que el interior de las personas no existe, «que todo hombre lleva fuera todo lo que tiene dentro» (cap. XXIII). El mismo Joaquín se contradice en su valoración del arte de Abel. Si por un lado alega despectivamente en su *Confesión* que el arte de su amigo no es más que técnica calculada y falsos efectos, por otro habla de su «retrato magnífico» (cap. VIII) y del «esfuerzo de la inspiración artística» (cap. XXXVI). Y tras haberle tildado de farsante e hipócrita lo describe así:

> Él, Abel, amaba su arte y lo cultivaba con pureza de intención, y no trató nunca de imponérseme. No, no fue él quien me la quitó, ¡no! ¡Y yo llegué a pensar en derribar el altar de Abel, loco de mí! (cap. XII).

Las contradicciones de Joaquín son comprensibles. Obsesionado por la injusticia de su personalidad displicente, busca afanosamente el inculpar a alguien, y ese alguien cuando no es Dios es el otro, el que se diferencia de él. Por eso dice que los agraciados, es decir, los Abeles, son quienes tienen la culpa: «La tienen de no ocultar, y ocultar como una vergüenza, que lo es, todo favor gratuito, todo privilegio no ganado por propios méritos, de no ocultar esa gracia en vez de hacer ostentación de ella» (cap. XI). Abel, en cambio, defiende a Joaquín ante todos y nunca habla mal de él, sino todo lo contrario, demasiado bien, según Abelín, como queriendo insinuar que no lo hace con sinceridad, que tiene algo que ocultar. Pero cuando Abel, emocionado por el discurso de Joaquín, le da las gracias efusivamente, no detectamos ni asomo de insinceridad en las palabras del homenajeado, como tampoco lo detectamos cuando vuelve a expresarle su reconocimiento algún tiempo después. Lo mismo ocurre tras la petición de mano de Joaquina cuando Abel le tiende la mano a su amigo «con mirada franca», en palabras del narrador (cap. xxx). Por ello no resultan en absoluto fiables las palabras de Abelín cuando dice que su padre es egoísta, insensible, e indiferente a todos los demás. El narrador impersonal, de quien pudiéramos esperar una caracterización más fidedigna, apenas nos sirve de guía, tan atenuada es su voz en esta novela. Y no sólo atenuada sino enteramente reacia a comprometerse. Ya vimos, por ejemplo, que cuando se refiere a Abel como «aquel grandísimo egoísta» tiene mucho cuidado en achacar tal caracterización a su hijo y su consuegro (cap. xxxvi), desentendiéndose por tanto de si tal descripción es exacta o no. Incluso en las contadísimas ocasiones en que la voz narrativa enjuicia directamente a Abel parece como si el dictamen viniese refractado a través de la mente de alguno de los personajes. Así, cuando dice que Abel «parecía preocuparse muy poco de toda otra cosa que no fuese su reputación» (cap xxxv), no sólo lo hace a renglón seguido de mencionar las *Memorias* de Joaquín —en que como sabemos éste se proponía retratar al «verdadero» Abel— sino que además recalca la exterioridad de la visión con el verbo parecer. También cuando se caracteriza al hogar de Abel como «de frívola impasibilidad» se nos da a entender muy claramente que esto es lo que piensa Abelín. No podemos separar la percepción del hecho en sí. La técnica de Unamuno no nos permite conocer la «verdad» o la «realidad» del personaje; lo que hace, en cambio, es obligarnos a cuestionar nuestros conocimientos y suposiciones. Las verdades, si las hay, resultan ser engañosas. Abel dice que su hijo no tiene ningún interés en la pintura. El hijo dice que su padre se cuidó de no fomentar este interés en él. ¿Cuál es la verdad? La verdad única no existe; lo único que existe es nuestra propia visión. La personalidad de Abel resulta ser un enigma. Ni la conoce Joaquín ni la conocemos nosotros. Y a fin de cuentas aquí no hay ninguna contradicción. Ni siquiera el propio Joaquín, cuyo esfuerzo ímprobo por conocerse a sí mismo forma el meollo de la novela, llega a una comprensión cabal de su ser. Si no sabemos con certeza cuál es el verdadero yo de nuestro ser, ¿qué posibilidad puede haber de conocer el de otra persona? La expresión exterior del ser es la única verdad empírica; el ser íntimo resulta indescifrable hasta para uno mismo. En Unamuno, como en toda la tradición existencialista, la seguridad ontológica que todos añoramos es inalcanzable.

4. La presencia de «Del sentimiento trágico de la vida»

La máxima afirmación de la filosofía existencial de Unamuno se publicó por entregas en 1912 y en volumen un año después. A partir de ahí prácticamente toda la obra literaria de Unamuno llevará la huella de esta proclama personal que es *Del sentimiento trágico de la vida en los hombres y en los pueblos*, desde *Niebla* (1914), la más cercana, hasta obras tardías como *San Manuel Bueno, mártir* (1931). Ello no quiere decir en absoluto que las obras literarias sean mero remedo de la obra filosófica, ni siquiera que sean simple encarnación dramática de ideas ya explicadas ensayísticamente. Lo que sí quiere decir es que la obra posterior a *Del sentimiento trágico de la vida*, aun poseyendo su propia integridad y autonomía artísticas, está imbuida de una filosofía y unas actitudes fuertemente personales cuya más directa expresión se halla en el anterior ensayo. Para el estudioso de la obra literaria, la utilidad del ensayo es que éste sirve a menudo para esclarecer aspectos de aquélla.

En algún momento de *Abel Sánchez* hay ecos clarísimos del ensayo de cinco años atrás, por ejemplo en los consejos del padre Echevarría, el cual, a la pregunta de Joaquín «¿Por qué nací?», responde: «Pregunte más bien para qué nació» (cap. xv). Aquí tenemos uno de los temas fundamentales de *Del sentimiento trágico*, el de la finalidad de nuestra vida. La pregunta del porqué de la existencia tiene poco sentido, puesto que ésta precede a la razón, está por encima de ella, o como escribió Unamuno en otro lugar, «la existencia no tiene razón de ser, porque está sobre todas las razones» (OC, I, 1176). La pregunta ¿por qué?, la de la ciencia y la razón, la sustituye Unamuno con la pregunta ¿para qué?, la de la vida y la intuición. «Hay que buscar un para qué. En

49

el punto de partida, en el verdadero punto de partida, el práctico, no el teórico, de toda filosofía, hay un para qué» (OC, VII, 126). Detrás de nuestros anhelos cognoscitivos y científicos está nuestra preocupación por la finalidad de nuestra existencia: «[...] debajo de la inquisición del porqué de la causa no hay sino la rebusca del para qué de la finalidad» (OC, VII, 131). Esto tiene su aplicación al caso específico de Joaquín Monegro, y hasta cierto punto nos explica incluso el error de Joaquín. Desde la niñez hasta el mismo lecho de muerte Joaquín se pasa la vida preguntándose por qué: por qué resultaba antipático, por qué le rechazaban, por qué Dios prefirió a Abel, por qué le hicieron, por qué había de vivir, por qué Abel no le odiaba, por qué había sido tan envidioso, por qué nació en tierra de odios... Sin embargo nunca se pregunta por su finalidad, salvo tal vez y de forma oblicua cuando reconoce al final de su vida que si se hubiera entregado al amor de su esposa su vida habría sido muy distinta: «Si pudiéramos volver a empezar...» (capítulo XXXVIII). A Joaquín le ciega no sólo su obsesión patológica, sino también su formación científica, lo cual es fiel reflejo del rechazo por parte de su creador del cientificismo decimonónico. Este rechazo no se debió a ningún sentimiento anticientífico o irracional por parte de Unamuno, sino a las limitaciones que él creía ver en un sistema que sólo reconocía el lado materialista de la existencia desentendiéndose por completo de los valores espirituales y éticos o en el peor de los casos incluso negándolos. El racionalismo cientificista, el que se dedica a la mera explicación de las causas, lo tilda Unamuno en *Del sentimiento trágico* de gratuito, y de ciegos a aquéllos que ponen su única fe en la ciencia. Pasarse la vida inquiriendo en las causas tiene algo de inhumano, llega a decir Unamuno: «¡Saber por saber! ¡La verdad por la verdad! Eso es inhumano» (OC, VII, 126). Pero precisamente es ésa la actitud intelectual de Joaquín, es decir, la de que el conocimiento científico es la vocación suprema. Dedicado por la fuerza de las circunstancias al oficio de curar, Joaquín sin embargo aspiraba a ser científico, a conocer verdades por medio de la ciencia pura. «El fin de la ciencia es conocer» (cap. XXXV) declara a Abel, pero como él mismo escribe en su *Confesión*, este afán de saber no es sino un narcótico, y en su caso también una aspiración frustrada. Joaquín es el hombre de ciencia a quien la ciencia no llega a satisfacer. Verdad es que sus inquietudes no le permiten dedicarse sosegadamente a la investigación, pero la ambición nunca le abandona, como confiesa a su hija y a su yerno. Al final esa ambición de sabiduría científica se corrompe y se pervierte, transformándose en esas *Memorias de un médico viejo* que serán «la mies del saber del mundo» (cap. XXXI).

En *Del sentimiento trágico de la vida* dijo también Unamuno que «aberración y no otra cosa es el hombre mera y exclusivamente racional» (OC, VII, 169). Joaquín Monegro no es desde luego mera aberración; pues si por una parte representa la pasión inútil de la verdad que Unamuno censura en *Del sentimiento trágico*, por otra representa también la lucha entre la tiranía de la razón y la de la pasión, conflicto que tiene un papel central en la obra filosófica. Según Unamuno (y según los existencialistas posteriores a él) la vía de conocimiento del ser humano no puede de ninguna manera reducirse a lo puramente racional. Las intuiciones, emociones y pasiones son parte intrínseca de nuestra realidad y por tanto de nuestra forma de conocer el mundo. «Lo que siento es una verdad, tan verdad por lo menos como lo que veo, toco, oigo» (OC, VII, 178); por eso Joaquín cree en la verdad de su odio y no lo oculta. Pero lo que adquiere dimensiones trágicas en Unamuno es precisamente el choque entre estas dos vertientes del ser, la racional y la mística o intuitiva, ya que el hombre auténtico es para él «un campo de contradicciones entre el sentimiento y el raciocinio» (OC, VII, 183-184). Esta contradicción entre el saber y el sentir nos ayuda también a comprender la situación de Joaquín. Éste se esfuerza por pensar racionalmente, pero se da cuenta de que lo que más quiere explicarse —su yo íntimo— no alcanza a explicárselo. Varios estudiosos han insistido en las contradicciones que encierra este personaje unamuniano, y en efecto no se puede negar que coexisten facetas difícilmente reconciliables. Pero es que la esencia de su personalidad reside precisamente en su incapacidad para reconciliar su razón con su pasión. Por una parte Joaquín, como hombre de ciencia que es, es víctima de la razón, o como él dice, «la ciencia no ha hecho más que exacerbarme la herida» (cap. XII); y por otra es víctima también de una pasión que ni comprende ni domina. Hay numerosísimos ejemplos de este conflicto entre el saber y el sentir, o en palabras de *Del sentimiento trágico*, entre el sentimiento y el raciocinio, tendencias opuestas de las que Joaquín es, como su creador, perfectamente consciente. Así por ejemplo, si dice «comprendí que no tenía derecho alguno a Helena», dice a la vez «empecé a odiar a Abel con toda mi alma» (cap. III), idea que más adelante vuelve a repetir casi con las mismas palabras (cap. XXIX). O asimismo en esta declaración:

> Me daba acabada cuenta de que razón, lo que se llama razón, eran ellos los que la tenían; que yo no podía alegar derecho alguno sobre ella; que no se debe ni se puede forzar el afecto de una mujer; que, pues se querían, debían unirse. Pero sentía también confusamente que fui yo quien les llevó, no sólo a conocerse, sino a quererse; que fue por desprecio a mí por lo que se entendieron; que en la resolución de Helena entraba por mucho el hacerme rabiar y sufrir, el darme dentera, el rebajarme a Abel, y en la de éste el soberano egoísmo, que nunca le dejó sentir el sufrimiento ajeno. (cap. V)

Aquí observamos de nuevo la oposición dialéctica tan típica del pensamiento unamuniano entre razón y sentimiento. No es que Joaquín sea irracional, ni siquiera un hombre de ciencia que abandona la razón. Lo que ocurre es que Joaquín tiene una sobredosis tanto de raciocinio como de sentimiento afectivo. Esto explica también sus reacciones completamente contradictorias ante el arte de Abel. Su capacidad analítica le hace comprender lo que la pintura de su amigo tiene de fría técnica aprendida; pero en cambio su capacidad emotiva le hace apreciar lo que las figuras de los cuadros tienen de sugestivo y de fuerza evocadora —«cuadros maravillosos» los llama él mismo.

También en su actitud religiosa se observa en Joaquín ese conflicto entre razón y fe que Unamuno había expuesto en

Del sentimiento trágico. Durante cierta época de su vida Joaquín se entrega con fervor a la práctica religiosa en busca de alivio espiritual para su condición, pero como él mismo dice a su mujer, «después de los mayores esfuerzos, no pude lograrlo» (cap. XXVI). Es evidente que Joaquín no es creyente ortodoxo. «¿Qué es creer en Dios?» se pregunta en una ocasión, y añade: «¡Tendré que buscarle!» (cap. IX); y efectivamente observamos que de este momento en adelante Joaquín habla con su Dios, aunque no con el Dios que él quisiera encontrar. Esta casi equivalencia entre creer y buscar, o como lo llama Unamuno, *crear* a Dios más que *creer* en Dios, se da de forma explícita en *Del sentimiento trágico*, donde se presenta a Dios como una necesidad humana. Lo que es explícito en la anterior obra se da implícitamente en la novela. Joaquín necesita creer; que crea o no es lo de menos. Este querer creer es un indicio más de la inseguridad de Joaquín respecto a su propio ser. Abel, por contraste, no necesita creer: él sabe cuál es su papel en la vida: «a mí con el arte me basta; el arte es mi religión» (cap. XVI). El arte es su religión porque mediante él se eterniza. «Han hecho del arte una religión y un remedio para el mal metafísico, y han inventado la monserga del arte por el arte», escribió Unamuno en *Del sentimiento trágico* (OC, VII, 139), y efectivamente Abel dirá del arte que «eso tiene su fin en sí» (capítulo XXXV). El Dios que busca Joaquín es un sustituto de la razón, algo que, aunque salido de él mismo, le ayude a explicar su angustia y su fatal destino. Lo busca en el templo y en la práctica rutinaria de los cultos pero no lo encuentra, y no lo encuentra porque no lo *crea* en el sentido unamuniano, pues «se crea a Dios, es decir, se crea Dios a sí mismo en nosotros por la compasión, por el amor» (OC, VII, 223).

Hay aquí una íntima conexión entre la búsqueda de Dios por parte de Joaquín y su envidia. En efecto, la envidia surge como una perversión del amor, de ahí que Unamuno hable en el prólogo de 1928 paradójicamente de «la grandeza de la pasión de mi Joaquín Monegro». La pasión de Joaquín, por monstruosa que nos parezca, tiene un origen ontológico, en su sentido netamente unamuniano. La explicación la tenemos, una vez más, en unas líneas de *Del senti-miento trágico*:

> Tremenda pasión esa de que nuestra memoria sobreviva por encima del olvido de los demás si es posible. De ella arranca la envidia, a la que se debe, según el relato bíblico, el crimen que abrió la historia humana: el asesinato de Abel por su hermano Caín. No fue lucha por pan, fue lucha por sobrevivir en Dios, en la memoria divina. La envidia es mil veces más terrible que el hambre, porque es hambre espiritual (OC, VII, 142).

Si la envidia de Caín es hambre de Dios, es decir, de un Dios que le garantice su existencia, la envidia de Joaquín es hambre de fama, es decir, de inmortalidad, es un sustituto de Dios[20]. Joaquín no posee ni la fama de Abel ni un Dios que le avale su existencia. Sin ese Dios asegurador la pregunta ¿quién soy y para qué existo? carece de respuesta, y el problema de la personalidad o identidad se revela en toda su acuciante complejidad. Al no comprender su finalidad, su para qué, Joaquín no acierta a comprender su personalidad, aunque no por eso deja de sentir esa radical hambre ontológica de que nos habla Unamuno en *Del sentimiento trágico*. Joaquín busca su ser auténtico, realizarse, ser él, o como diría el Augusto Pérez de *Niebla*: «¡Quiero ser yo!». Pero, lo mismo que al doctor Fausto de Marlowe, Helena le robó el alma con un beso y ya no la pudo recobrar, a Joaquín le congelan el alma otra Helena y su cómplice, y tampoco podrá ya superar esa experiencia. Joaquín se siente congelado en el tiempo, «como si no existiera, como si no fuese nada más que un pedazo de hielo, y esto para siempre» (cap. v). Lo único que siente es odio, «odio frío cuyas raíces me llenaban el ánimo» (cap. v). Tan fuerte, tan envolvente es esa sensación, que el odio se convierte para él en su fuerza motriz o razón de ser. Joaquín, pues, se identifica

---

[20] También queda esto confirmado en *Del sentimiento trágico*: «El que os diga que escribe, pinta, esculpe o canta para propio recreo, si da al público lo que hace, miente; miente si firma su escrito, pintura, estatua o canto. Quiere cuando menos dejar una sombra de su espíritu, algo que le sobre-viva» (OC, VII, 139).

con su odio; éste le confiere su identidad, le garantiza su ser y su permanencia: «Y vi que aquel odio inmortal era mi alma. Ese odio pensé que debió de haber precedido a mi nacimiento y que sobreviviría a mi muerte» (cap. XII). Tanto llega Joaquín a identificarse con su pasión odiosa que para él la única solución está en esas terribles palabras que pronuncia cuando se siente morir: «¿Me olvidará también Dios? Sería lo mejor, acaso, el eterno olvido. ¡Olvidadme, hijos míos!» (cap. XXXVIII). Y es que Joaquín no puede concebirse sin esa envidia que es connatural a él, por mucho que su esposa y su confesor le insten a que cambie su actitud ante la vida. Esto también está en consonancia con lo que había escrito Unamuno en *Del sentimiento trágico*:

> Irle a uno con la embajada de que sea otro, de que se haga otro, es irle con la embajada de que deje de ser él. Cada cual defiende su personalidad, y sólo acepta un cambio en su modo de pensar o de sentir en cuanto este cambio pueda entrar en la unidad de su espíritu y enzarzar en la continuidad de él; en cuanto ese cambio pueda armonizarse e integrarse con todo el resto de su modo de ser, pensar y sentir, y pueda a la vez enlazarse con sus recuerdos. Ni a un hombre, ni a un pueblo —que es en cierto sentido un hombre también— se le puede exigir un cambio que rompa la unidad y la continuidad de su persona (OC, VII, 114).

También Joaquín, a pesar de su desgracia, se empeña en ser el que es, aunque llegue a odiarse a sí mismo por ser como es.

Sin embargo, como ya queda dicho, Unamuno no escribía novelas como mera ejemplificación, cuanto menos vulgarización, de sus ideas filosófico-religiosas, y Joaquín no es consecuente consigo mismo. El matrimonio de su hija parece abrirle las puertas a una nueva vida y entonces sí que habla de ser otro, de olvidar el pasado, como se desprende de su entrevista con Abel con ocasión de la petición de mano. Pero este rechazar el pasado como si no existiera, esta discontinuidad de la persona que Unamuno descalifica como improcedente en *Del sentimiento trágico de la vida*, no acarrea beneficio alguno. Joaquín no puede desvincularse de su pasado y revierte a su ser histórico porque es el único que reconoce y porque su aceptación del papel de gran predestinado no le permite ver otra salida. En todo caso, lo que tenemos aquí es el envés de la situación descrita en *Del sentimiento trágico*. En los capítulos VII y IX de esta obra Unamuno nos explica cómo llegamos a sentir compasión por el prójimo mediante la compasión por uno mismo. «Lo más inmediato es sentir y amar mi propia miseria, mi congoja, compadecerme de mí mismo, tenerme a mí mismo amor» (OC, VII, 233). El amor y la compasión que uno siente por sí mismo hacen que comprenda a los demás y sienta también amor y compasión por ellos; pero no se llega a lo segundo si falta lo primero. Joaquín, en cambio, a pesar de su dolor, llega no a amarse sino más bien a aborrecerse: «¿no es esto [...] que me odio, que me envidio a mí mismo?», se pregunta (cap. XXI). Si en *Del sentimiento trágico* Unamuno había dicho que el amor a los demás proviene del amor a nosotros mismos, en *Abel Sánchez* nos ofrece el corolario de esa fórmula: «Y yo no amo al prójimo, no puedo amarle, porque no me amo, no sé amarme, no puedo amarme a mí mismo» (cap. XXI).

Ahora bien, si Joaquín no da con la solución a su problema personal, ya sea porque se le heló el corazón, ya porque se cree un predestinado, al menos no se resigna, es decir, no se resigna a resignarse, y mantiene su protesta ante lo que él considera una injusticia, no sólo la perpetrada por Helena y Abel sino la perpetrada por su destino. En *Del sentimiento trágico de la vida* Unamuno había preconizado una resignación activa, combativa, un estado de lucha interior que se convierte en la base de toda acción vital y moral. Esta lucha que tiene su origen en la frustración ante las fuerzas irreconciliables del ser —lo que uno es y lo que uno quisiera ser, o, lo que viene a ser igual, el conflicto entre la cabeza y el corazón— se da igualmente en Joaquín Monegro. La vida de Joaquín es una lucha continua por reconciliarse con su realidad, esa realidad que le hace odioso a sí mismo. «Luché entonces como no he luchado nunca conmigo mismo, con ese hediondo dragón que me ha envenenado y entenebrecido la vida» (cap. VI), escribe en un lugar de su *Confesión*, y en otro: «Vencí a la asquerosa idea» (cap. x); y el narrador nos confirma que ese escrito es «el relato de su lucha íntima con la pasión que fue su vida, con aquel demonio con quien peleó casi desde el albor de su mente, dueña de sí hasta entonces, hasta cuando lo escribía» (cap. xxxi). Joaquín, pues, lucha por «salvarse» de la misma forma que Unamuno lucha por eternizarse, por superar las limitaciones de su ser mortal. La desesperación se da en ambos porque éste es el estado natural de la conciencia, impotente para resolver el conflicto. Pero lo que en Unamuno tiene de positivo la lucha, lo tiene de negativo en Joaquín, pues si en *Del sentimiento trágico de la vida* esa desesperación se ofrece como «base de una vida vigorosa, de una acción eficaz, de una ética, de una estética, de una religión y hasta de una lógica» (OC, VII, 154), en *Abel Sánchez* la desesperación de Joaquín sólo le conduce a una introversión malsana, a una falta de esperanza y a una excitación morbosa, o como la llama el narrador, una ansiedad enfermiza. La desesperación es desde luego el factor común, desesperación o angustia que proviene de la incomprensión o incertidumbre de nuestra humana situación, pero Joaquín no aprende a superarla. ¿Por qué no? De nuevo la anterior obra arroja cierta luz sobre la cuestión.

En el capítulo xi de *Del sentimiento trágico de la vida* expone Unamuno su fórmula para superar las limitaciones temporales, o como él lo llama en frase reveladora, «pelear contra el destino». Consiste esta fórmula en «superarse a sí mismo, hacerse insustituible, darse a los demás para recogerse de ellos. Y cada cual en su oficio, en su vocación civil» (OC, VII, 267). Esta vocación tiene que ser profundamente social, es decir, tiene que ir encaminada hacia fuera, hacia los demás. La misión social hay que cumplirla mediante la posición que ocupamos en la sociedad, por vía de nuestro propio oficio civil, del cual, dice Unamuno, debemos tener un sentimiento ético. Esta forma de contrarrestar la incertidumbre y angustia de nuestra existencia y desarrollar una moral práctica es precisamente la que el padre Echevarría recomienda a Joaquín, verbigracia, que transforme su aborrecimiento de los demás —que como ya vimos proviene de su aborrecimiento de sí mismo— en un sentimiento de solidaridad a través de su propia profesión. Sólo así podrá salvarse de ese demonio que le corroe el espíritu:

> —Pero debe cambiarlo [el odio] en noble emulación, en deseo de hacer en su profesión, y sirviendo a Dios, lo mejor que pueda...
> —No puedo, no puedo, no puedo trabajar. Su gloria no me deja.
> —Hay que hacer un esfuerzo..., para eso el hombre es libre...
> —No creo en el libre albedrío, padre. Soy médico (capítulo xv).

Aquí llegamos finalmente a la divergencia fundamental entre la posición que adopta Unamuno en *Del sentimiento trágico* y la que adopta su personaje novelesco en *Abel Sánchez*, divergencia que gira en torno al concepto de libertad. Unamuno no cuestiona la libertad de acción del ser humano; al contrario, la libertad es condición esencial de esa búsqueda de finalidad que nace de la incertidumbre. La incertidumbre a su vez presupone libertad, aunque ésta sea una libertad trágica. Preguntar para qué es la libertad no tiene sentido, porque si la libertad tuviese un final fuera de sí dejaría de ser libertad. Un escepticismo total o una certeza total equivaldría a no tener libertad. La incertidumbre en cambio es hermana de la libertad, y esa libertad, aunque nos produzca el vértigo y la angustia de que nos hablarán los existencialistas posteriores a Unamuno, nos abre las puertas a una acción salvadora. Ésta es la lección que Joaquín Monegro, atascado en el escollo de un positivismo caduco que le obliga a interpretar el mundo según un orden causal, no acierta a comprender, y no hace sino repetirse, cual organismo programado por la evolución determinista darwiniana, que es como es porque estaba predestinado a ser así y no hay otra salida que cumplir el fatal destino. Solamente en su lecho de muerte —paradójicamente el evento en que verdaderamente carecemos de libertad— le permitirá Unamuno a su criatura cambiar de parecer y aceptar que pudo y debió afirmar su libertad y por ende redimir a su propia personalidad. Las últimas palabras que pronuncia Joaquín antes de morir le devuelven, aunque demasiado tarde, al seno de su creador, es decir, a la filosofía vital de Unamuno tal como la había expuesto en *Del sentimiento trágico*. «Pude quererte, debí quererte, que habría sido mi salvación, y no te quise» (cap. xxxviii). Estas palabras del Joaquín moribundo rechazan la fatalidad que ha venido afirmando a lo largo de su vida. Seamos como seamos, todos tenemos la capacidad, o sea la libertad de amar. Ésa es la solución unamuniana al problema existencial. O como lo expresó él en su forma tan personalísima: «El amor es quien nos revela lo eterno nuestro y de nuestros prójimos» (OC, VII, 229).

5. Personalidad y novela

Como acabamos de ver, entre la obra ensayística de Unamuno y la novelesca se dan importantes coincidencias que ayudan a esclarecer aspectos de ésta. Pero como también queda dicho, el impulso de la novela unamuniana no es primordialmente ni filosófico ni religioso; hay que buscarlo en motivos más puramente literarios. Se quejaba Unamuno de que la novela llamada realista no añadía absolutamente nada a lo que percibimos de la realidad que nos rodea. En esto Unamuno fue hijo de su tiempo, pues la caducidad de la fórmula realista decimonónica fue opinión común a todos los novelistas hoy considerados de importancia que se dieron a conocer a comienzos del siglo xx, e incluso en el Galdós de los años noventa —*Misericordia* es de 1897— parece haber un intento de renovación. La búsqueda de una nueva forma de novelar fue compartida por Valle-Inclán, Baroja, Azorín, Pérez de Ayala y Miró, pero fue Unamuno quien enfocó el problema de la manera más personal y, sin lugar a dudas, más profunda. Para Unamuno la comprensión del mundo depende ante todo de la comprensión de nosotros mismos, y un tipo de novela como la naturalista a lo Zola, que pretendía hacer del género una herramienta para investigar la sociedad según los criterios del determinismo científico, estaba condenado al fracaso[21]. Lo principal para Unamuno es saber cómo son las personas —pues el mundo depende de ellas—, saber qué es ser, y sobre todo qué es uno mismo. En una novela que pretende superar la fórmula realista lo que realmente va a contar es necesariamente la interioridad de los personajes. Lo que Unamuno propone en su nueva fórmula de novelar es que las realidades sociales observables, estables, descriptibles, se vean sustituidas por realidades sensibles, fluctuantes, indescriptibles. No hay por lo tanto ni descripciones, ni rótulos, ni clasificaciones; lo que hay son diálogos, monólogos, pensamientos, autoexpresión. Lo único que queda de la típica novela decimonónica son las relaciones interpersonales; pero ni siquiera en un contexto convencional, como pudiera ser el sexual, el económico, o el de clase social, sino en un contexto sujeto-objeto. Es decir, los personajes unamunianos se presentan no como objetos sino como sujetos, pero incluso cuando son objetos lo son subjetivamente, o sea, se ven a sí mismos como objetos de otros. Esto es justo lo que le ocurre al protagonista de *Abel Sánchez*. Veamos primeramente los aspectos más obvios antes de adentrarnos en las complejidades del tema de la personalidad.

Lo primero que echamos en falta son las descripciones físicas de los personajes. Únicamente en el caso de Helena se nos ofrecen algunos rasgos físicos por boca de Abel, y esto sólo a base de generalidades. Lo único que sabemos del físico de Helena es que resulta una mujer fuertemente atractiva; y es atractiva porque ése es su «helénico» papel: «¿No había nacido acaso para eso?» (cap. III), escribe Unamuno con irónica honradez de novelista. Del aspecto de los demás personajes nada se nos dice y nada importa; incluso la hermosura de Abelín cuando niño —nuevo motivo de envidia de Joaquín— pierde su relevancia de mayor. Pero además falta la ficha familiar y social de cada personaje. Es obvio que las dos familias pertenecen a una burguesía profesional acomodada, pero esto se desprende de su ocupación,

---

[21] Esta actitud de Unamuno puede comprobarse en su artículo «Notas sobre el determinismo en la novela», OC, IX, 769-773.

Miguel de Unamuno con estudiantes y amigos.

pues de su pasado familiar no se nos ofrece información alguna. De su círculo social sabemos sólo que Joaquín pertenece a la Academia de Medicina y Ciencias y durante una época va al Casino en busca de distracción; y de Abel, pintor de fama nacional y casi internacional, sólo podemos suponer que tiene una vida social intensa, ya que no la tiene en el hogar, pero nada se nos dice al respecto. En cuanto a la caracterización, ésta se consigue casi exclusivamente mediante un diálogo intenso y dramático, mediante reflexiones y confesiones, y con el uso de un material episódico e incluso de anécdotas marginales que sirven oblicuamente para ampliar el tema, como las historias de Federico Cuadrado, de Ramírez, de Carvajal o del aragonés desheredado.

Vinculada a esta ausencia de descripción se observa, en relación a la narrativa del siglo XIX, una importante atenuación de la autoridad del narrador, es decir, de su papel como fuente de criterios valorativos que orienten al lector. No se trata únicamente del tan manido concepto del narrador no fidedigno, sino más bien de cierta renuncia por parte del autor a ofrecer justificaciones o servir soluciones en bandeja. Las explicaciones de lo que ocurre, al no depender de una situación externa, no se nos ofrecen de forma disquisitiva, sino que tienen que ir implícitas en la reacción o entendimiento del lector. Así pues, tenemos o bien un narrador cuyas intervenciones directas son mínimas y que se mantiene casi enteramente neutral, o bien un personaje que nos narra su propia vida con sus propios criterios y valoraciones. El efecto de esta manera de narrar es privarnos de la seguridad cognoscitiva que el lector de la novela realista o tiene en el momento de leer o espera alcanzar mediante la lectura. En esta y en otras novelas de Unamuno no llegamos nunca a la plenitud del conocimiento. Claro que no se trata de conocer acontecimientos o peripecias externas sino de conocer el interior de las personas y de comprender su forma de ser. Los lectores de Unamuno no estamos privilegiados para saber «la verdad» de un personaje, si es que tal verdad existe, ya que el problema de la personalidad desautoriza e invalida tal posición. Escribiendo en 1934, en el prólogo a la segunda edición de *Amor y pedagogía*, describió

Unamuno las novelas posteriores a ésta como «relatos dramáticos acezantes, de realidades íntimas, entrañadas, sin bambalinas ni realismos en que suele faltar la verdadera, la eterna realidad, la realidad de la personalidad» (OC, II, 311). ¿Cómo se revela esa realidad en *Abel Sánchez*?[22].

Esencialmente el tema abstracto de la personalidad, en el alcance que Unamuno concede al término, se convierte, al trasladarse a la novela, en una cuestión de identidad, o mejor dicho, de identidades. Ya hemos tenido ocasión de observar que, como en el mito bíblico, Joaquín y Abel son conceptualmente inseparables. En este caso específico el Abel que conocemos existe sólo en función de su amigo y rival. Podemos naturalmente postular un Abel con existencia independiente, pero este Abel «pasa a la penumbra», como dice Isabel Criado Miguel[23]. El único Abel cuya identidad conocemos es el Abel de Joaquín, el que vemos a través de la visión de éste. El Abel autónomo apenas existe. Abel el simpático, el del éxito popular, el relajado, el seductor que ni tiene que buscar a las mujeres, el que no necesita la consolación de la religión, el que consigue el beneplácito de los demás sin tener que imponerse, es la persona que Joaquín quisiera ser, pero que quisiera ser sin dejar al mismo tiempo de ser él. Hay en la novela varias referencias a la hermandad que une a Joaquín y a Abel, hermandad evidentemente simbólica y que, dada la presentación de Abel a través de Joaquín, significa obligadamente que Abel es una proyección de Joaquín, lo cual a su vez se ajusta a la idea de Unamuno, expresada en un artículo del mismo año

---

[22] Lo que sigue se basa en parte en el magnífico estudio de Nicholas Round *Unamuno: Abel Sánchez* (Critical Guides to Spanish Texts), Londres, 1974, cuyo capítulo 4 versa precisamente sobre «A problem of personality». Es de lamentar que no exista traducción al castellano de este magistral estudio. Muy sugestivo es también el artículo de Paul Ilie, «Unamuno, Gorky, and the Cain Myth: Toward a Theory of Personality», *Hispanic Review*, XXIX (1961), págs. 310-323, aunque el original análisis de la novela que nos ofrece Ilie está tan llevado de la teoría que no siempre se atiene a los datos y a la forma de narrar de la obra.

[23] *Las novelas de Miguel de Unamuno. Estudio formal y crítico*, pág. 131.

que *Abel Sánchez*, según la cual todos llevamos dentro a Caín y a Abel[24]. Abel es «su amigo de antes de conocerse» (cap. XIII), paradójica expresión que nos indica el valor simbólico de Abel. Éste representa, pues, un «querer ser», que para Unamuno era la expresión más reveladora de la personalidad, pero un «querer ser» que a Joaquín le resulta cuanto más deseable más inalcanzable, y que por ello mismo se convierte en objeto de odio, odio por lo tanto a una parte de sí mismo. El hecho es que dentro de la trama argumental de la novela Joaquín ni rompe ni desea romper con el que le ha «robado» la novia y amargado la vida; al contrario, lo ocurrido le une aún más a Abel, hasta tal punto que pierde su autonomía en sentido tanto psicológico como moral. No puede vivir sin Abel: «necesito que viva», dice (cap. VI). Todo lo que hace Joaquín, tanto lo bueno como lo malo, proviene de sus íntimos lazos con Abel. Abel, pues, se convierte en «el otro» que lleva dentro Joaquín, o mejor dicho en uno de tantos «otros», una de varias identidades en que se escinde la personalidad de Joaquín. Este otro es tal vez el más obvio por ir basado en un personaje con identidad propia dentro de la trama novelesca, pero hay que insistir en que esta identidad —la propia de Abel— apenas se nos da a conocer: la técnica narrativa adoptada evita en lo posible revelar al verdadero Abel. Y ello es así evidentemente porque el principal papel de Abel en la novela es existir en la conciencia de Joaquín.

Junto a esta conciencia de lo que él no es que lleva Joaquín dentro de sí está el Joaquín envidioso y odiador, el que da lugar a que la novela haya sido tildada de tenebrosa. Este Joaquín que envidia y que odia de forma casi monstruosa e incontrolable, y que domina al personaje hasta el punto del «fratricidio», no es sin embargo el Caín romántico de Byron que protesta ante Dios por un destino injusto, ya que este Caín, al menos en lo que tiene de símbolo de protesta, es un ser reflexivo. El Joaquín envidioso no tiene nada de reflexivo, salvo tal vez en la forma en que un sentimiento no

---

[24] Véase el artículo «Conversación» recogido en OC, V, 1104-1106.

racional le hace urdir mentalmente proyectos de venganza. La envidia surge de forma involuntaria, de lo más hondo de su ser. Los nombres simbólicos con los que se relaciona este sentimiento no dejan lugar a dudas: lepra, gangrena, bebedizo, demonio, infernal cadena, y aun más explícitamente «ese hediondo dragón que me ha envenenado y entenebrecido la vida» (cap. VI). No es que Joaquín quiera odiar, es que no puede remediarlo. Este otro yo de Joaquín es repugnante hasta para él mismo, pero no por ello menos auténtico. Tanto es así que, como ya hemos visto, Joaquín llega incluso a identificar este yo suyo con su alma. No se trata por tanto, en la concepción unamuniana de la personalidad, de un deseo más o menos transitorio, o de una faceta de su carácter explicable en términos psicológicos convencionales —traumas de la infancia, relaciones parentales, inadaptabilidad social—, sino más bien de una condición de índole existencial o antropológica[25].

Pero además del yo que no es pero que añora ser, y del yo endemoniado en quien rige la envidia y el odio, hay aún un tercer yo, el yo que Joaquín crea para contrarrestar o superar al odioso, para proyectar un Joaquín distinto. Éste es el Joaquín de la *Confesión*, el héroe trágico byroniano, el predestinado que ha venido al mundo para cumplir su papel y sufrir la «suprema injusticia» (cap. XXXI). Ya que en vida no ha podido ser como Abel, reclamará su grandeza dando a conocer su vil pasión y su denodada lucha contra ella para que el mundo, en palabras del narrador, «se sobrecogiera de admiración y de espanto ante aquel héroe de la angustia tenebrosa» (cap. XXXI). Esta identidad que Joaquín cobra a través de su obra es una identidad creada por él, aunque no necesariamente irreal, puesto que para Joaquín ese yo existe como autodefensa contra el yo satánico. La confesión es un

---

[25] «Profunda meditación sobre los caracteres antropológicos del ser humano en sus orígenes» llama José Luis Abellán, en su edición de la novela, a esta obra unamuniana. Ya antes había escrito Julián Marías que «la novela de Unamuno [...] es, por lo pronto, existencial, no psicológica, porque se atiene al relato temporal de una vida, no a la descripción de sus mecanismos» (*Miguel de Unamuno*, pág. 55).

desahogo a la vez que un espectáculo, pero por lo mismo que es espectáculo el Joaquín de la confesión es un ser objetivado, un ser hecho para los demás, contradictorio desde luego, ya que se acusa y se autojustifica a la vez, pero no espontáneo.

Estas tres identidades de Joaquín —la añorada, la satánica, la objetivada— forzosamente presuponen una cuarta identidad: un yo que se observa a sí mismo y que reconoce dentro de sí a esos otros yos que acabamos de identificar. Éste es el Joaquín que trata de comprenderse y que lucha por contenerse y curarse, pero también el que admite su fracaso. Podríamos decir que este yo es el más subjetivo de todos, el yo que es contemplación pura y no ser contemplado, y que por lo tanto no puede conocerse, pues cada vez que lo intenta lo único que consigue es crear múltiples versiones del yo. Esos otros yos se adueñan de su ser, se convierten en obsesión y le separan de sí, en un caso casi clásico de alienación. Por eso puede decir el narrador que Joaquín «no era de sí mismo, dueño de sí, sino a la vez un enajenado y un poseído» (cap. IX). Este yo incognoscible pero necesario es la causa de esa pregunta, más bien oración, desesperada de Joaquín, que quiere saber dónde está él:

> Fue luego a coger la Biblia y la abrió por donde dice: "Y Jehová dijo a Caín: ¿Dónde está Abel tu hermano?" Cerró lentamente el libro, murmurando: "¿Y dónde estoy yo?" (cap. XXI).

Aquí tenemos la pregunta clave del ser agónico que es Joaquín: ¿cuál es mi verdadero yo? Pregunta que a la postre no tiene contestación; o tal vez, como sugiere el profesor Round, la única contestación posible es que el verdadero Joaquín es la relación entre este Joaquín, el contemplador de sí mismo, y todos los demás[26]. Lo que no puede dudarse es que todos estos yos, algunos más exteriorizados, más

---

[26] Unamuno: *Abel Sánchez*, pág. 35. Round ofrece su propia clasificación de las *distintas versiones*, «alternative selves», de Joaquín, «some good, some bad, some fantastic, some realized in part» (pág. 34).

claramente perfilados que otros, son partes intrínsecas de un yo interior cuya subjetividad resulta en último término impenetrable o al menos inexpresable para el sujeto mismo.

Pero aún hay más; porque si los yos que hemos visto son yos interiores, con su origen en el personaje mismo, sea de forma volitiva o no, hay también una versión exterior que se nos da a través de los otros personajes y de la cual Joaquín es perfectamente consciente. Para Abel, Joaquín es un hombre de talento que se distingue del vulgo y que además posee un profundo sentido artístico, de aspecto frío por fuera pero de ánimo torturado y hondas pasiones por dentro; reconcentrado y lleno de sí mismo, tiene el defecto de exigir de los demás un amor excluyente, pero es al mismo tiempo «bueno, honrado a carta cabal» (cap. II). En cambio para Helena, Joaquín, aunque buen chico, carece de atractivos y resulta aburrido, además de envidiarle a Abel su éxito con la pintura y con las mujeres. Muy distinta es la reacción de Antonia, aunque las dos mujeres coinciden en ver en Joaquín a un hombre enfermo. Pero mientras Helena lo rechaza contundentemente, Antonia siente compasión, y de esa compasión nace su amor a Joaquín. En vez de percibir su antipatía percibe más bien su sufrimiento, y al adivinar que Joaquín oculta algo, lo enigmático de su personalidad le resulta de un «misterioso atractivo» (cap. VII). Su hija, a quien su padre se empeña en apartar de las amistades, también adivina algo tenebroso en su vida, «una niebla oscura, una tristeza que se mete por todas partes, que tú no estás contento nunca» (cap. XXVII), y siente pena por un ser a quien quisiera poder alegrarle la vida. Su yerno, Abelín, ve en él a un hombre de ciencia admirable, que hace observaciones «geniales, de una extraordinaria sagacidad científica» (cap. XXIV); tiene, pues, una reacción fuertemente positiva hacia Joaquín, en contraste con la actitud negativa que tiene para con su propio padre, a quien evidentemente sustituye la figura del médico, como el mismo Abel padre hace notar. Finalmente tenemos la versión pública de Joaquín, la de los clientes y los académicos, un Joaquín que es un pozo de ciencia, con grandes dotes de orador, pero hombre frío, cortante y sarcástico.

El ofrecernos estas distintas versiones de Joaquín no responde meramente a la idea de que todos nos vemos unos a otros según criterios subjetivos y que un conocimiento objetivo de otro ser es por lo tanto imposible, idea por lo demás absolutamente típica de las primeras décadas de este siglo[27]. La noción de Unamuno está más cercana a la que más tarde desarrollaría con gran agudeza Jean-Paul Sartre en su tratado existencialista *El ser y la nada*: mi identidad no depende sólo de la conciencia de mí mismo, sino también de la conciencia que tengo de ser objeto de los demás[28]. Yo veo que los demás me ven, y esto afecta a la percepción que de mí tengo, fenómeno que le sirve a Sartre para idear una rica gama de complicaciones y desarrollar su teoría sobre la autenticidad del ser. En *Abel Sánchez* observamos que a Joaquín le interesa enormemente lo que los demás piensan de él, y la idea de que los demás tal vez no se ocupan de él le causa profundo desasosiego: «esta idea de que ni siquiera pensaran en mí, de que no me odiaran, torturábame aun más que lo otro» (cap. XIII). Es como si Joaquín necesitase la imagen de él creada por los demás para completar su yo propio, como si este yo dependiese en parte del «tú» creado por los demás. «Ser para sí», escribe el profesor Round, «siempre se ve afectado por el ser para otros»[29]. Ni uno ni otro pueden faltar, pero para Joaquín lo difícil es reconciliarlos. Las imágenes «negativas» de los demás le sumen en la desesperación, mientras que las imágenes «positivas» le provocan el descreimiento. Por eso cuando su hija muestra alegría por el aparente cambio de actitud ante la vida que

---

[27] La idea se repite *ad nauseam* en novelistas tan distintos como Conrad, Baroja, Pérez de Ayala, Faulkner, siendo todo ello claro indicio del cambio de enfoque en la narrativa, que se desplaza de la descripción a la percepción, del objeto percibido al acto de percibir.

[28] Antonio Machado lo dijo de forma mucho más cautivadora:

El ojo que ves no es
Ojo porque tú lo veas,
Es ojo porque te ve.

[29] «Other people's perceptions of Joaquín are decisive for the formation of his inner self. In other words, being for oneself is always affected by being for others» (*Unamuno: Abel Sánchez*, pág. 39).

promete Joaquín, éste inmediatamente saca a relucir su otro yo:

> —¿Te alegra oírme decir que seré otro? —volvió a preguntar el padre.
> —¡Sí, papá, me alegra!
> —Es decir, ¿que el otro, el que soy, te parece mal? (capítulo XXIX).

Joaquín, pues, siempre reacciona ante estas versiones que le llegan de fuera, obsesionado como está por dar con la verdadera versión de su yo, con su ser auténtico. Y con esto llegamos ya a la ironía final creada por Unamuno en este relato tan apasionado y al mismo tiempo tan desconcertante.

Es evidente que la versión de su personalidad que más le interesa a Joaquín es la que sustenta Abel, y entre lo que más le exaspera está la pasividad de éste, su aparente falta de reacción a él, a Joaquín, de joven y de mayor, hasta tal punto que le pide a Dios que instile en el alma de Abel odio a él. Abel, ya hemos visto, no tiene efectivamente mucho que decir de Joaquín, y lo poco que de él dice es, si no directamente observable, al menos fácilmente intuible (hombre frío por fuera pero apasionado por dentro). Sin embargo Joaquín se empeña en averiguar y cristalizar la concepción que Abel tiene de él, como si esto guardase la clave de su problema personal, saber cuál es su verdadero yo. Así vemos a Joaquín inspeccionar el cuadro de Caín en busca de un posible parecido entre él y la figura pintada por su amigo. No se da por satisfecho con los informes que le llegan de lo que Abel dice en público de él; lo que quiere saber no es lo que Abel diga o deje de decir en público, sino *lo que piensa en realidad* (cap. XIII), para lo cual intenta averiguar por mediación de la criada los comentarios de Abel en privado, salvo que Abel al parecer no dice nada de él. Paradójicamente la única opinión realmente importante que expresa Abel de su amigo lo hace delante de él cuando le dice con toda claridad que se está dejando llevar por un sentimiento innoble y vulgar que casa mal con su talento y con la grandeza de sus aspiraciones; y digo paradójicamente porque esta declaración de Abel, que de todas las que se expresan en el relato es la que más se acerca al problema de Joaquín, es justamente la que éste se niega a aceptar: «"Pero este hombre —se decía Joaquín al separarse de Abel— ¿es que lee en mí? Aunque no parece darse cuenta de lo que me pasa"» (cap. XVI). El que no se da cuenta, claro está, es Joaquín, o mejor dicho, no quiere darse cuenta porque la crítica viene de su rival, y al negarse a aceptar este aviso de su amigo se hunde moralmente en una conducta repugnante: el intento de seducción de Helena mediante la delación, y el abuso verbal de la criada. Pero si además tenemos en cuenta que Abel es, en el plano simbólico, una parte o un yo de la personalidad de Joaquín, comprendemos también que Joaquín se rechace a sí mismo, es decir, a la posibilidad de sublimar esa pasión y convertirla en algo positivo. Joaquín, pues, sigue buscando la clave del enigma de su personalidad, que siempre relaciona desde el principio hasta el fin de su vida con Abel. ¿Pero tiene razón en identificar ese yo que le falta con lo que él es para Abel? Aquí vemos cómo Unamuno sabe explotar las posibilidades de un relato novelesco para reflejar lo que filosóficamente es un punto muerto. Si la plenitud de mi personalidad necesariamente depende no sólo de la percepción de mí mismo sino al mismo tiempo de la percepción que los demás tienen de mí, es obvio que la personalidad de mi prójimo depende igualmente y en parte de la percepción que yo tengo de él. Por lo tanto, para llegar a la plenitud del ser se necesita que alguien que nos conozca haya llegado a ella antes, pero ese alguien depende a su vez de nosotros para alcanzarla. Lógicamente se trata de una imposibilidad; solamente la idea de Dios, que efectivamente Unamuno introduce en *Del sentimiento trágico* y de nuevo en el prólogo a *Tres novelas ejemplares y un prólogo* (1920), puede sostener tal concepto de la personalidad. Ya sabemos que en *Abel Sánchez* el protagonista no consigue hallar a Dios. Él se aferra a su otro, a Abel: «En la soledad jamás lograba estar solo, sino que siempre allí el otro. ¡El otro! Llegó a sorprenderse en diálogo con él, tramando lo que el otro le decía» (cap. XXI). Pero el otro no le revela lo que Joaquín anhela saber. ¿Por qué no? La clave está en el retrato de Joaquín que Abel quiere pintar, pero que nunca conseguirá pintar. El retrato de Joaquín hecho por Abel permanecerá un lienzo en blanco, porque como el propio Abel confiesa el alma de Joaquín es insondable. Con esta ausencia simbólica, representada por un cuadro sin imagen, Unamuno nos da a entender que ni el hombre de ciencia con sus conocimientos ni el artista con sus intuiciones, es decir, ni la razón ni el corazón, nos pueden solucionar lo que en otra ocasión llamó el «pavoroso problema de la personalidad» (OC, II, 1122). Nada por supuesto tiene de pavoroso una novela, donde las soluciones del juego están siempre a la mano. Pero al hacer literatura Unamuno permaneció fiel a su tesis de que las únicas preguntas importantes en la vida son justamente aquellas a las que nos vemos constitucionalmente imposibilitados de responder, y que por tanto es mejor ofrecer enigmas que nos planteen interrogantes que proponer soluciones espúreas. No todos estarán de acuerdo con esta postura de agitador de espíritus. Pero lo que no se puede dudar es que al proceder así dentro del género narrativo Unamuno creó un tipo de novela que ha resultado ser auténtico reflejo de lo que posteriormente en nuestro siglo hemos llegado a considerar una nueva conciencia vital en la historia de la civilización occidental.

Esta edición

El texto de *Abel Sánchez* no presenta grandes problemas. En vida de Unamuno hubo dos ediciones (ambas de la editorial Renacimiento), la de 1917 y la de 1928, esta segunda con un prólogo del autor y con pequeñas enmiendas al texto original. Nuestra edición se basa en la de 1928, que se supone corregida por el autor. También hemos consultado las dos ediciones de Austral (1940, con múltiples reimpresiones, y 1990); la de las *Obras Completas*, tomo II (Escelicer, Madrid, 1967); la de Castalia (Madrid, 1985); y la de Alianza (Madrid, 1987), que reproduce fielmente la de *Obras Completas*, erratas incluidas.

Ninguna edición, ni siquiera la corregida por Unamuno, está libre de erratas. Nosotros nos hemos tomado la pequeña libertad de normalizar la puntuación, que resulta algo deficiente en la segunda edición e incluso en las más modernas. En aquellos contadísimos casos en que el texto de la edición de 1928 nos ha parecido o equivocado o dudoso, lo hemos indicado en nota. Asimismo, si en algún momento el texto de la primera edición nos ha parecido preferible al de la segunda, ello queda igualmente indicado en nota.

Bibliografía

Se ofrece a continuación una lista de aquellos libros y artículos que conocemos y que estimamos de mayor relevancia para el estudio de la novela particular que nos ocupa en esta ocasión. En el caso de libros sobre temas más generales, se citan las páginas que se dedican a *Abel Sánchez*.

ABELLÁN, José Luis, Introducción crítica a su edición de *Abel Sánchez*, Madrid, Castalia, 1985, págs. 9-41.

BASDEKIS, Demetrios, *Unamuno and the Novel* (Estudios de Hispanófila), Madrid, 1974, págs. 59-64.

CLAVERÍA, Carlos, «Sobre el tema de Caín en la obra de Unamuno», *Temas de Unamuno*, Madrid, 1953, págs. 93-122. Reproducido en *Miguel de Unamuno. El escritor y la crítica*, ed. Sánchez-Barbudo, Madrid, 1974, págs. 227-249.

COBB, Christopher H., «Sobre la elaboración de *Abel Sánchez*», *Cuadernos de la Cátedra Miguel de Unamuno*, XXII (1972), páginas 127-147.

CRIADO MIGUEL, Isabel, *Las novelas de Miguel de Unamuno. Estudio formal y crítico*, Universidad de Salamanca, 1986, págs. 130-134.

— Introducción crítica a su edición de *Abel Sánchez* (Austral), Madrid, 1990, págs. 9-44.

DÍAZ-PETERSON Rosendo, «*Abel Sánchez* de Unamuno, un conflicto entre la vida y la escolástica», *Arbor*, 341 (1975), págs. 85-96.

DÍEZ, Ricardo, *El desarrollo estético de la novela de Unamuno*, Madrid, 1976, págs. 145-180.

DOBSON, Alan, «Unamuno's *Abel Sánchez*: An Interpretation», *Modern Languages* (Londres), LIV (1973), págs. 62-67.

FOSTER, David William, *Unamuno and the Novel as Expressionistic Conceit*, Puerto Rico, 1973, págs. 34-42.

FRANZ, Thomas R., *Parallel but Unequal: The Contemporizing of «Paradise Lost» in Unamuno's «Abel Sánchez»* (Albatros Hispanófila), Valencia, 1990.

— «Nietzsche and the theme of self-surpassing in *Abel Sánchez*» *Perspectivas de la novela* (Albatros Hispanófila), Valencia, 1978, págs. 59-81.

GALBIS, Ignacio R. M., *Unamuno: tres personajes existencialistas*, Barcelona, 1975, págs. 59-70.

GARCÍA DE NORA, Eugenio, *La novela española contemporánea*, 2ª edición, Madrid, 1963, págs. 32-35.

GÓNZALEZ, José Emilio, «Joaquín Monegro, Unamuno y Abel Sánchez», *La Torre*, X (1962), págs. 85-109.

GÓNZALEZ EGIDO, Luciano, Introducción crítica a su edición de *Abel Sánchez*, Madrid, Alianza, 1987, págs. i-xlviii.

GULLÓN, Ricardo, *Autobiografías de Unamuno*, Madrid, 1964, páginas 117-151.

HUDSON, Ofelia M., *Unamuno y Byron: la agonía de Caín*, Madrid, 1991.

ILIE, Paul, «Unamuno, Gorky and the Cain Myth: Toward a Theory of Personality», *Hispanic Review*, XXIX (1961), páginas 310-323.

JIMÉNEZ-FAJARDO, Salvador, «Unamuno's *Abel Sánchez*: Envy as a Work of Art», *Journal of Spanish Studies: Twentieth Century*, 4 (1976), págs. 89-103.

KRONIK, John W., «Unamuno's *Abel Sánchez* and Alas's *Benedictino*: A Thematic Parallel», *Spanish Thought and Letters in the Twentieth Century*, ed. Bleiberg y Fox, Nashville, 1966, págs. 287-297.

LEE, Dorothy H., «Joaquín Monegro in Unamuno's *Abel Sánchez* Thriced Exiled — Cain, Esau, Satan», *Journal of Spanish Studies: Twentieth Century*, 7 (1979), págs. 63-72.

MARÍAS, Julián, *Miguel de Unamuno*, 2ª edición, Buenos Aires, 1951, págs. 100-106.

MC GAHA, Michael D., «*Abel Sánchez* y la envidia de Unamuno», *Cuadernos de la Cátedra Miguel de Unamuno*, XXI (1971), páginas 91-102.

NICHOLAS, Robert L., *Unamuno, narrador*, Madrid, 1987, páginas 40-55.

Nozick, Martin, *Miguel de Unamuno*, Boston, 1971, págs. 150-152.

Round, Nicholas G., *Unamuno: «Abel Sánchez»* (Critical Guides to Spanish Texts), Londres, 1974.

Turner, David G., *Unamuno's Webs of Fatality*, Londres, 1974, págs. 63-77.

Valdés, Mario J., *Death in the Literature of Unamuno*, University of Illinois, Urbana, 1964, págs. 92-94.

Wyers, Frances, *Miguel de Unamuno: The Contrary Self*, Londres, 1976, págs. 85-88.

Abel Sánchez
Una historia de pasión

Prólogo a la segunda edición

Al corregir las pruebas de esta segunda edición de mi *Abel Sánchez: Una historia de pasión* —acaso estaría mejor *Historia de una pasión*— y corregirlas aquí, en el destierro fronterizo, a la vista pero fuera de mi dolorosa España, he sentido revivir en mí todas las congojas patrióticas de que quise librarme al escribir esta historia congojosa. Historia que no había querido volver a leer[1].

La primera edición de esta novela no tuvo en un principio, dentro de España, buen suceso. Perjudicóle, sin duda, una lóbrega y tétrica portada alegórica que me empeñé en dibujar y colorear yo mismo; pero perjudicóle acaso más la tétrica lobreguez del relato mismo. El público no gusta que se le llegue con el escalpelo a hediondas simas del alma humana y que se haga saltar pus.

Sin embargo, esta novela, traducida al italiano, al alemán y al holandés, obtuvo muy buen suceso en los países en que se piensa y siente en estas lenguas. Y empezó a tenerlo en los de nuestra lengua española. Sobre todo, después de que el joven crítico José A. Balseiro, en el tomo II de *El vigía*, le dedicó un agudo ensayo. De tal modo, que se ha hecho precisa esta segunda edición.

Un joven norteamericano que prepara una tesis de doctorado sobre mi obra literaria, me escribía hace poco pre-

---

[1] Como se explica en la Introducción, los años inmediatamente anteriores a la redacción de la novela fueron especialmente conflictivos para Unamuno por motivos tanto personales como políticos.

guntándome si saqué esta historia del *Caín* de lord Byron, y tuve que contestarle que yo no he sacado mis ficciones novelescas —o nivolescas— de libros, sino de la vida social que siento y sufro —y gozo— en torno mío, y de mi propia vida. Todos los personajes que crea un autor, si los crea con vida; todas las criaturas de un poeta, aun las más contradictorias entre sí —y contradictorias en sí mismas—, son hijas naturales y legítimas de su autor —¡feliz si autor de sus siglos!—, son partes de él.

Al final de su vida atormentada, cuando se iba a morir, decía mi pobre Joaquín Monegro: «¿Por qué nací en tierra de odios? En tierra en que el precepto parece ser: "Odia a tu prójimo como a ti mismo." Porque he vivido odiándome; porque aquí todos vivimos odiándonos. Pero... traed al niño.» Y al volver a oírle a mi Joaquín esas palabras por segunda vez, y al cabo de los años —¡y qué años!— que separan estas dos ediciones, he sentido todo el horror de la calentura de la lepra nacional española, y me he dicho: «Pero... traed al niño.» Porque aquí, en esta mi nativa tierra vasca —francesa o española, es igual—, a la que he vuelto de largo asiento después de treinta y cuatro años que salí de ella, estoy reviviendo mi niñez. No hace tres meses escribía aquí:

> Si pudiera recogerme del camino,
> y hacerme uno de entre tantos como he sido;
> si pudiera al cabo darte, Señor mío,
> el que en mí pusiste cuando yo era niño...[2].

Pero ¡qué trágica mi experiencia de la vida española! Salvador de Madariaga[3], comparando ingleses, franceses y es-

---

[2] Este pequeño poema, citado íntegramente, es el número 107 del *Cancionero* de Unamuno. Fue escrito en Hendaya y fechado el 10 de abril de 1928. Puede verse en *OC,* VI, 984.

[3] Eminente polígrafo español (1886-1978), diplomático y ministro de la Segunda República, anglófilo que pasó gran parte de su vida en Inglaterra, conocido más que nada por su obra ensayística. Unamuno se refiere a su ensayo de 1928 titulado *Ingleses, franceses, españoles: ensayo de psicología colectiva comparada.*

pañoles, dice que en el reparto de los vicios capitales de que todos padecemos, al inglés le tocó más hipocresía que a los otros dos, al francés más avaricia y al español más envidia. Y esta terrible envidia, *phthonos* de los griegos, pueblo democrático y más bien demagógico como el español, ha sido el fermento de la vida social española. Lo supo acaso mejor que nadie Quevedo; lo supo fray Luis de León[4]. Acaso la soberbia de Felipe II no fue más que envidia. «La envidia nació en Cataluña», me decía una vez Cambó[5] en la plaza Mayor de Salamanca. ¿Por qué no en España? Toda esa apestosa enemiga de los neutros, de los hombres de sus casas, contra los políticos, ¿qué es sino envidia? ¿De dónde nació la vieja Inquisición, hoy rediviva?

Y al fin la envidia que yo traté de mostrar en el alma de mi Joaquín Monegro es una envidia trágica, una envidia que se defiende, una envidia que podría llamarse angélica; pero ¿y esa otra envidia hipócrita, solapada, abyecta, que está devorando a lo más indefenso del alma de nuestro pueblo? ¿Esa envidia colectiva? ¿La envidia del auditorio que va al teatro a aplaudir las burlas a lo que es más exquisito o más profundo?

En estos años que separan las dos ediciones de esta mi historia de una pasión trágica —la más trágica acaso— he sentido enconarse la lepra nacional, y en estos cerca de cinco años que he tenido que vivir fuera de mi España he sentido cómo la vieja envidia tradicional —y tradicionalista— española, la castiza, la que agrió las gracias de Quevedo y las de Larra[6], ha llegado a constituir una especie de partidillo político, aunque, como todo lo vergonzante e hipócrita, desmedrado; he visto a la envidia constituir juntas defensi-

---

[4] Tanto Quevedo como Fray Luis fueron víctimas de denuncias anónimas y persecución, el primero encarcelado de 1639 a 1643 por orden del Rey, y el segundo acusado de herejía y detenido durante cuatro años por la Inquisición.

[5] Francisco Cambó (1875-1947), jefe del partido político catalán Liga Regionalista.

[6] Se refiere Unamuno a la profunda y amarga desilusión de Larra con la política de su tiempo, que queda reflejada en su obra y que contribuyó a su suicidio en 1837.

vas[7], la he visto revolverse contra toda natural superioridad. Y ahora, al releer por primera vez mi *Abel Sánchez* para corregir las pruebas de esta su segunda —y espero que no última— edición, he sentido la grandeza de la pasión de mi Joaquín Monegro y cuán superior es, moralmente, a todos los Ábeles. No es Caín lo malo; lo malo son los cainitas. Y los abelitas.

Mas como no quiero hurgar en viejas tristezas, en tristezas de viejo régimen —no más tristes que las del llamado nuevo—, termino este prólogo escrito en el destierro, en la parte francesa de la tierra de mi niñez, pero a la vista de mi España, diciendo con mi pobre Joaquín Monegro: «¡Pero... traed al niño!»

MIGUEL DE UNAMUNO
En Hendaya, el 14 de julio de 1928[8].

---

[7] Las Juntas de Defensa fueron una protesta de oficiales del ejército contra los generales y los políticos que puso en peligro la jerarquía del ejército y la autoridad del gobierno, y que además contribuyó poderosamente a la crisis general de 1917.

[8] El tono amargo de este prólogo se debe a la incómoda situación de exilio (a estas alturas ya voluntario) de Unamuno y a su hostilidad, rayana en odio, al régimen de Miguel Primo de Rivera, que había decretado su destierro a Fuerteventura en febrero de 1925.

Abel Sánchez:
Una historia de pasión

Al morir Joaquín Monegro, encontróse entre sus papeles una especie de Memoria de la sombría pasión que le hubo devorado en vida. Entremézclanse en este relato fragmentos tomados de esa confesión —así la rotuló—, y que vienen a ser al modo de comentario que se hacía Joaquín a sí mismo de su propia dolencia. Esos fragmentos van entrecomillados. La *Confesión* iba dirigida a su hija[9].

---

[9] La nota introductoria no puede ser más escueta. Nada se nos dice de quién o por qué publica esta *Confesión* o cuál es la relación entre ella y el resto del relato.

I

No recordaban Abel Sánchez y Joaquín Monegro desde cuándo se conocían. Eran conocidos desde antes de la niñez, desde su primera infancia, pues sus dos sendas nodrizas se juntaban y los juntaban cuando aún ellos no sabían hablar. Aprendió cada uno de ellos a conocerse conociendo al otro. Y así vivieron y se hicieron juntos amigos desde nacimiento, casi más bien hermanos de crianza.

En sus paseos, en sus juegos, en sus otras amistades comunes parecía dominar e iniciarlo todo Joaquín, el más voluntarioso; pero era Abel quien, pareciendo ceder, hacía la suya siempre. Y es que le importaba más no obedecer que mandar. Casi nunca reñían. «¡Por mí, como tú quieras!», le decía Abel a Joaquín, y éste se exasperaba a las veces porque con aquel «¡como tú quieras!» esquivaba las disputas.

—¡Nunca me dices que no! —exclamaba Joaquín.

—¿Y para qué? —respondía el otro.

—Bueno, éste no quiere que vayamos al Pinar —dijo una vez aquél, cuando varios compañeros se disponían a dar un paseo.

—¿Yo? ¡Pues no he de quererlo...! —exclamó Abel—. Sí, hombre, sí; como tú quieras. ¡Vamos allá!

—¡No; como yo quiera, no! ¡Ya te he dicho otras veces que no! ¡Como yo quiera, no! ¡Tú no quieres ir!

—Que sí, hombre...

—Pues entonces no lo quiero yo...

—Ni yo tampoco...

—Eso no vale —gritó ya Joaquín—. ¡O con él o conmigo!

Y todos se fueron con Abel, dejándole a Joaquín solo.

Al comentar éste en su *Confesión* tal suceso de la infancia, escribía: «Ya desde entonces era él simpático, no sabía por qué, y antipático yo, sin que se me alcanzara mejor la causa de ello, y me dejaban solo. Desde niño me aislaron mis amigos.»

Durante los estudios del bachillerato, que siguieron juntos, Joaquín era el empollón, el que iba a la caza de los premios, el primero en las aulas, y el primero Abel fuera de ellas, en el patio del Instituto, en la calle, en el campo, en los novillos, entre los compañeros. Abel era el que hacía reír con sus gracias, y, sobre todo, obtenía triunfos de aplauso por las caricaturas que de los catedráticos hacía. «Joaquín es mucho más aplicado, pero Abel es más listo... si se pusiera a estudiar...» Y este juicio común de los compañeros, sabido por Joaquín, no hacía sino envenenarle el corazón. Llegó a sentir la tentación de descuidar el estudio y tratar de vencer al otro en el otro campo; pero diciéndose: «¡Bah!, ¿qué saben ellos..?», siguió fiel a su propio natural. Además, por más que procuraba aventajar al otro en ingenio y donosura no lo conseguía. Sus chistes no eran reídos, y pasaba por ser fundamentalmente serio. «Tú eres fúnebre —solía decirle Federico Cuadrado—; tus chistes son chistes de duelo.»

Concluyeron ambos el bachillerato. Abel se dedicó a ser artista, siguiendo el estudio de la pintura, y Joaquín se matriculó en la Facultad de Medicina. Veíanse con frecuencia y hablaba cada uno al otro de los progresos que en sus respectivos estudios hacían, empeñándose Joaquín en probarle a Abel que la Medicina era también un arte, y hasta un arte bello, en que cabía inspiración poética. Otras veces, en cambio, daba en menospreciar las bellas artes, enervadoras del espíritu, exaltando la ciencia, que es la que eleva, fortifica y ensancha el espíritu con la verdad.

—Pero es que la Medicina tampoco es ciencia —le decía Abel—. No es sino un arte, una práctica derivada de ciencias.

—Es que yo no he de dedicarme al oficio de curar enfermos —replicaba Joaquín.

—Oficio muy honrado y muy útil... —añadía el otro.

—Sí, pero no para mí. Será todo lo honrado y todo lo útil que quieras, pero detesto esa honradez y esa utilidad. Para otros el hacer dinero tomando el pulso, mirando la lengua y recetando cualquier cosa. Yo aspiro a más.

—¿A más?

—Sí; yo aspiro a abrir nuevos caminos. Pienso dedicarme a la investigación científica. La gloria médica es de los que descubrieron el secreto de alguna enfermedad y no de los que aplicaron el descubrimiento con mayor o menor fortuna.

—Me gusta verte así, tan idealista.

—Pues qué, ¿crees que sólo vosotros, los artistas, los pintores, soñáis con la gloria?

—Hombre, nadie te ha dicho que yo sueñe con tal cosa...

—¿Que no? ¿Pues por qué, si no, te has dedicado a pintar?

—Porque si se acierta, es oficio que promete...

—¿Que promete?

—Vamos, sí, que da dinero.

—A otro perro con ese hueso, Abel... Te conozco desde que nacimos casi. A mí no me la das. Te conozco.

—¿Y he pretendido nunca engañarte?

—No, pero tú engañas sin pretenderlo. Con ese aire de no importarte nada, de tomar la vida en juego, de dársete un comino de todo, eres un terrible ambicioso...

—¿Ambicioso yo?

—Sí, ambicioso de gloria, de fama, de renombre... Lo fuiste siempre, de nacimiento. Sólo que solapadamente.

—Pero ven acá, Joaquín, y dime: ¿te disputé nunca tus premios? ¿No fuiste tú siempre el primero en clase? ¿El chico que promete?

—Sí, pero el gallito, el niño mimado de los compañeros, tú...

—¿Y qué iba yo a hacerle?

—¿Me querrás hacer creer que no buscabas esa especie de popularidad?

—Haberla buscado tú...

—¿Yo? ¿Yo? ¡Desprecio a la masa!

—Bueno, bueno; déjame de esas tonterías y cúrate de ellas. Mejor será que me hables otra vez de tu novia.

87

—¿Novia?

—Bueno, de esa tu primita que quieres que lo sea.

Porque Joaquín estaba queriendo forzar el corazón de su prima Helena[10], y había puesto en su empeño amoroso todo el ahínco de su ánimo reconcentrado y suspicaz. Y sus desahogos, los inevitables y saludables desahogos de enamorado en lucha, eran con su amigo Abel.

¡Y lo que Helena le hacía sufrir!

—Cada vez la entiendo menos —solía decirle a Abel—. Esa muchacha es para mí una esfinge...

—Ya sabes lo que decía Oscar Wilde[11] o quien fuese: que toda mujer es una esfinge sin secreto.

—Pues Helena parece tenerlo. Debe de querer a otro, aunque éste no lo sepa. Estoy seguro de que quiere a otro.

—¿Y por qué?

—De otro modo no me explico su actitud conmigo...

—Es decir, que porque no quiere quererte a ti..., quererte para novio, que como primo sí te querrá...

—¡No te burles!

—Bueno, pues porque no quiere quererte para novio, o, más claro, para marido, ¿tiene que estar enamorada de otro? ¡Bonita lógica!

—¡Yo me entiendo!

----

[10] Helena con H evoca a la semidiosa griega que provocó la guerra de Troya entre dos pueblos y el combate entre dos hombres, su esposo Menelao y su raptor Paris. Es símbolo de belleza que los hombres desean poseer, y en ese papel aparece en la obra del dramaturgo inglés Marlowe, *La trágica historia del Doctor Fausto,* en que el protagonista entrega su alma a Satanás por un beso de Helena.

[11] Escritor anglo-irlandés (1854-1900) conocido principalmente por sus comedias de la aristocracia. La frase que Unamuno quiere recordar proviene del cuento de Wilde *La esfinge sin secreto,* aparecido en 1887, pero no es precisamente como la recuerda Unamuno, ya que la frase de Wilde se refiere no a la mujer en general, sino sólo a la heroína de su cuento, Lady Alroy: «She had a passion for secrecy, but she herself was merely a Sphinx without a secret.» Sin embargo Wilde volvió a utilizar la frase, esta vez en plural («esfinges sin secretos»), en su famosa novela *El retrato de Dorian Gray* (1891), donde también la pudo haber leído Unamuno. Las primeras traducciones al castellano de las obras de Wilde aparecen el mismo año que *Abel Sánchez,* por lo que Unamuno tal vez esté recordando la versión original inglesa.

—Sí, y también yo te entiendo.

—¿Tú?

—¿No pretendes ser quien mejor me conoce? ¿Qué mucho, pues, que yo pretenda conocerte? Nos conocimos a un tiempo.

—Te digo que esa mujer me trae loco y me hará perder la paciencia. Está jugando conmigo. Si me hubiera dicho desde un principio que no, bien estaba, pero tenerme así, diciendo que lo verá, que lo pensará... ¡Esas cosas no se piensan..., coqueta!

—Es que te está estudiando.

—¿Estudiándome a mí? ¿Ella? ¿Qué tengo yo que estudiar? ¿Qué puede ella estudiar?

—¡Joaquín, Joaquín; te estás rebajando y la estás rebajando! ¿O crees que no más verte y oírte y saber que la quieres y ya debía rendírsete?

—Sí, siempre he sido antipático...

—Vamos, hombre, no te pongas así...

—¡Es que esa mujer está jugando conmigo! Es que no es noble jugar así con un hombre como yo, franco, leal, abierto... ¡Pero si vieras qué hermosa está! ¡Y cuanto más fría y más desdeñosa se pone, más hermosa! ¡Hay veces que no sé si la quiero o la aborrezco más! ¿Quieres que te presente a ella?

—Hombre, si tú...

—Bueno, os presentaré.

—Y si ella quiere...

—¿Qué?

—Le haré un retrato.

—¡Hombre, sí!

Mas aquella noche durmió Joaquín mal rumiando lo del retrato, pensando en que Abel Sánchez, el simpático sin proponérselo, el mimado del favor ajeno, iba a retratarle a Helena.

¿Qué saldría de allí? ¿Encontraría también Helena, como sus compañeros de ellos, más simpático a Abel? Pensó negarse a la presentación, mas como ya se lo había prometido...

II

—¿Qué tal te pareció mi prima? —le preguntaba Joaquín a Abel al día siguiente de habérsela presentado y propuesto a ella, a Helena, lo del retrato, que acogió alborozada de satisfacción.

—Hombre, ¿quieres la verdad?

—La verdad siempre, Abel; si nos dijéramos siempre la verdad, toda la verdad, esto sería el paraíso.

—Sí, y si se la dijera cada cual a sí mismo...

—¡Bueno, pues la verdad!

—La verdad es que tu prima y futura novia, acaso esposa, Helena, me parece una pava real...; es decir, un pavo real hembra... Ya me entiendes.

—Sí, te entiendo.

—Como no sé expresarme bien más que con el pincel...

—Y vas a pintar la pava real, o el pavo real hembra, haciendo la rueda, acaso, con su cola llena de ojos, su cabecita...[12].

—¡Para modelo, excelente! ¡Excelente, chico! ¡Qué ojos! ¡Qué boca! Esa boca carnosa y a la vez fruncida..., esos ojos que no miran... ¡Qué cuello! ¡Y sobre todo qué color de tez! Si no te incomodas...

---

[12] La referencia a los ojos de la cola del pavo insinúa el mal ojo y la traición de Helena. Según la leyenda griega —y en Unamuno las referencias al mundo helénico son frecuentes— la diosa Juno inmortalizó los cien ojos de Argos en la cola del pavo real tras haber sido muerto aquél por Mercurio. Hay varias referencias a la mirada de Helena en la novela.

—¿Incomodarme yo?

—Te diré que tiene un color como de india brava, o mejor, de fiera indómita. Hay algo, en el mejor sentido, de pantera en ella. Y todo ello fríamente.

—¡Y tan fríamente!

—Nada, chico, que espero hacerte un retrato estupendo.

—No, el retrato será para ti, aunque de ella.

—¡No, eso no; el retrato será para ella!

—Bien, para los dos. Quién sabe... Acaso con él os una.

—Vamos, sí, que de retratista pasas a...

—A lo que quieras, Joaquín, a celestino, con tal que dejes de sufrir así. Me duele verte de esa manera.

Empezaron las sesiones de pintura, reuniéndose los tres. Helena se posaba en su asiento solemne y fría, henchida de desdén, como una diosa llevada por el destino[13]. «¿Puedo hablar?», preguntó el primer día, y Abel le contestó: «Sí, puede usted hablar y moverse; para mí es mejor que hable y se mueva, porque así vive la fisonomía... Esto no es fotografía, y además no la quiero hecha estatua...» Y ella hablaba, hablaba, pero moviéndose poco y estudiando la postura. ¿Qué hablaba? Ellos no lo sabían. Porque uno y otro no hacían sino devorarla con los ojos; la veían, no la oían hablar.

Y ella hablaba, hablaba, por creer de buena educación no estarse callada, y hablaba zahiriendo a Joaquín cuanto podía.

—¿Qué tal vas de clientela, primito? —le preguntaba.

—¿Tanto te importa eso?

—¡Pues no ha de importarme, hombre, pues no ha de importarme! Figúrate...

—No, no me figuro.

—Interesándote tú tanto como por mí te interesas, no cumplo con menos que con interesarme yo por ti. Y, además, quién sabe...

—¿Quién sabe qué?

—Bueno, dejen eso —interrumpió Abel—; no hacen sino regañar.

---

[13] Helena, además de fría beldad, es símbolo de fatalidad en la vida de Joaquín.

—Es lo natural —decía Helena— entre parientes... Y, además, dicen que así se empieza.

—¿Se empieza qué? —preguntó Joaquín.

—Eso tú lo sabrás, primo, que tú has empezado.

—¡Lo que voy a hacer es acabar!

—Hay varios modos de acabar, primo.

—Y varios de empezar.

—Sin duda. ¿Qué, me descompongo con este floreteo, Abel?

—No, no; todo lo contrario. Este floreteo, como le llama, le da más expresión a la mirada y al gesto. Pero...

A los dos días tuteábanse ya Abel y Helena; lo había querido así Joaquín, que al tercer día faltó a una sesión.

—A ver, a ver cómo va eso —dijo Helena, levantándose para ir a ver el retrato.

—¿Qué te parece?

—Yo no entiendo, y además no soy quien mejor puede saber si se me parece o no.

—¿Que? ¿No tienes espejo? ¿No te has mirado a él?

—Sí, pero...

—¿Pero qué?

—Qué sé yo...

—¿No te encuentras bastante guapa en este espejo?

—No seas adulón.

—Bien, se lo preguntaremos a Joaquín.

—No me hables de él, por favor. ¡Qué pelma!

—Pues de él he de hablarte.

—Entonces me marcho.

—No, y oye. Está muy mal lo que estás haciendo con ese chico.

—¡Ah! ¿Pero ahora vienes a abogar por él? ¿Es esto del retrato un achaque?

—Mira, Helena, no está bien que estés así, jugando con tu primo. Él es algo, vamos, algo...

—¡Sí, insoportable!

—No, él es reconcentrado, altivo por dentro, terco, lleno de sí mismo, pero es bueno, honrado a carta cabal, inteligente; le espera un brillante porvenir en su carrera; te quiere con delirio...

92

—¿Y si a pesar de todo eso no le quiero yo?

—Pues debes entonces desengañarle.

—¡Y poco que le he desengañado! Estoy harta de decirle que me parece un buen chico, pero que por eso, porque me parece un buen chico, un excelente primo —y no quiero hacer un chiste—, por eso no le quiero para novio con lo que luego viene.

—Pues él dice...

—Si él te ha dicho otra cosa no te ha dicho la verdad, Abel. ¿Es que voy a despedirle y prohibirle que me hable siendo como es mi primo? ¡Primo! ¡Qué gracia!

—No te burles así.

—Si es que no puedo...

—Y él sospecha más, y es que se empeña en creer que, puesto que no quieres quererle a él, estás en secreto enamorada de otro...

—¿Eso te ha dicho?

—Sí, eso me ha dicho.

Helena se mordió los labios, se ruborizó y calló un momento.

—Sí, eso me ha dicho —repitió Abel, descansando la diestra sobre el tiento que apoyaba en el lienzo y mirando fijamente a Helena, como queriendo adivinar el sentido de algún rasgo de su cara.

—Pues si se empeña...

—¿Qué?

—Que acabará por conseguir que me enamore de algún otro...

Aquella tarde no pintó ya más Abel. Y salieron novios.

III

El éxito del retrato de Helena por Abel fue clamoroso. Siempre había alguien contemplándolo frente al escaparate en que fue expuesto. «Ya tenemos un gran pintor más», decían. Y ella, Helena, procuraba pasar junto al lugar en que su retrato se exponía para oír los comentarios, y paseábase por las calles de la ciudad como un inmortal retrato viviente, como una obra de arte haciendo la rueda. ¿No había acaso nacido para eso?

Joaquín apenas dormía.

—Está peor que nunca —le dijo a Abel—. Ahora es cuando juega conmigo. ¡Me va a matar!

—¡Naturalmente! Se siente ya belleza profesional...

—¡Sí, la has inmortalizado! ¡Otra Joconda?[14].

—Pero tú, como médico, puedes alargarle la vida.

—O acortársela.

—No te pongas así, trágico.

—¿Y qué voy a hacer, Abel, qué voy a hacer?

—Tener paciencia...

—Además, me ha dicho cosas de donde he sacado que le has contado lo de que la creo enamorada de otro...

—Fue por hacer tu causa...

---

[14] *La Gioconda* o *Monna Lisa* (el famoso cuadro de Leonardo da Vinci), cuya leve sonrisa enigmática no se sabe qué representa. Helena tiene, según Joaquín, una «sonrisa insolente». Es probable que Unamuno tomase la idea de comparar el retrato de Helena con *La Gioconda* del cuento de Wilde ya citado.

—Por hacer mi causa... Abel, Abel, tú estás de acuerdo con ella..., vosotros me engañáis...

—¿Engañarte? ¿En qué? ¿Te ha prometido algo?

—¿Y a ti?

—¿Es tu novia, acaso?

—¿Y es la tuya?

Callóse Abel, mudándosele la color.

—¿Lo ves? —exclamó Joaquín, balbuciente y tembloroso—. ¿Lo ves?

—¿El qué?

—¿Y lo negarás ahora? ¿Tendrás cara para negármelo?

—Pues bien, Joaquín, somos amigos de antes de conocernos, casi hermanos...

—Y al hermano, puñalada trapera, ¿no es eso?

—No te sulfures así; ten paciencia...

—¿Paciencia? ¿Y qué es mi vida sino continua paciencia, continuo padecer? Tú el simpático, tú el festejado, tú el vencedor, tú el artista... Y yo...

Lágrimas que le reventaron en los ojos cortáronle la palabra.

—¿Y qué iba a hacer, Joaquín, qué querías que hiciese?

—¡No haberla solicitado, pues que la quería yo!

—Pero si ha sido ella, Joaquín, si ha sido ella...

—Claro, a ti, al artista, al afortunado, al favorito de la fortuna, a ti son ellas las que te solicitan. Ya la tienes, pues...

—Me tiene ella, te digo.

—Sí, ya te tiene la pava real, la belleza profesional, la Joconda... Serás su pintor... La pintarás en todas posturas y en todas formas, a todas las luces, vestida y sin vestir...

—¡Joaquín!

—Y así la inmortalizarás. Vivirá tanto como tus cuadros vivan. Es decir, ¡vivirá, no! Porque Helena no vive; durará. Durará como el mármol, de que es. Porque es de piedra, fría y dura, fría y dura como tú. ¡Montón de carne!

—No te sulfures, te he dicho.

—¡Pues no he de sulfurarme, hombre, pues no he de sulfurarme! ¡Esto es una infamia, una canallada!

Sintióse abatido y calló, como si le faltaran palabras para la violencia de su pasión.

—Pero ven acá, hombre —le dijo Abel, con su voz más dulce, que era la más terrible—, y reflexiona. ¿Iba yo a hacer que te quisiese si ella no quiere quererte? Para novio no le eres...

—Sí, no soy simpático a nadie; nací condenado.

—Te juro, Joaquín.

—¡No jures!

—Te juro que si en mí solo consistiese, Helena sería tu novia, y mañana tu mujer. Si pudiese cedértela...

—Me la venderías por un plato de lentejas, ¿no es eso?

—¡No, vendértela, no! Te la cedería gratis y gozaría en veros felices, pero...

—Sí, que ella no me quiere y te quiere a ti, ¿no es eso?

—¡Eso es!

—Que me rechaza a mí, que la buscaba, y te busca a ti, que la rechazabas.

—¡Eso! Aunque no lo creas; soy un seducido.

—¡Qué manera de darte postín! ¡Me das asco!

—¿Postín?

—Sí, ser así, seducido, es más que ser seductor. ¡Pobre víctima! Se pelean por ti las mujeres...

—No me saques de quicio, Joaquín...

—¿A ti? ¿Sacarte a ti de quicio? Te digo que esto es una canallada, una infamia, un crimen... ¡Hemos acabado para siempre!

Y luego, cambiando de tono, con lágrimas insondables en la voz:

—Ten compasión de mí, Abel, ten compasión. Ve que todos me miran de reojo, ve que todos son obstáculos para mí... Tú eres joven, afortunado, mimado; te sobran mujeres... Déjame a Helena; mira que no sabré dirigirme a otra... Déjame a Helena...

—Pero si ya te la dejo...

—Haz que me oiga; haz que me conozca; haz que sepa que muero por ella, que sin ella no viviré...

—No la conoces...

—¡Sí, os conozco! Pero, por Dios, júrame que no has de casarte con ella...

—¿Y quién ha hablado de casamiento?

—¿Ah, entonces es por darme celos nada más? Si ella no es más que una coqueta..., peor que una coqueta, una...

—¡Cállate! —rugió Abel.

Y fue tal el rugido, que Joaquín se quedó callado, mirándole.

—Es imposible, Joaquín; ¡contigo no se puede! ¡Eres imposible!

Y Abel marchóse.

«Pasé una noche horrible —dejó escrito en su *Confesión* Joaquín—, volviéndome a un lado y otro de la cama, mordiendo a ratos la almohada, levantándome a beber agua del jarro del lavabo. Tuve fiebre. A ratos me amodorraba en sueños acerbos. Pensaba matarles y urdía mentalmente, como si se tratase de un drama o de una novela que iba componiendo, los detalles de mi sangrienta venganza, y tramaba diálogos con ellos. Parecíame que Helena había querido afrentarme y nada más, que había enamorado a Abel por menosprecio a mí, pero que no podía, montón de carne al espejo, querer a nadie. Y la deseaba más que nunca y con más furia que nunca. En alguna de las interminables modorras de aquella noche me soñé poseyéndola y junto al cuerpo frío e inerte de Abel. Fue una tempestad de malos deseos, de cóleras, de apetitos sucios, de rabia. Con el día y el cansancio de tanto sufrir volvióme la reflexión, comprendí que no tenía derecho alguno a Helena, pero empecé a odiar a Abel con toda mi alma y a proponerme a la vez ocultar ese odio, abonarlo, criarlo, cuidarlo en lo recóndito de las entrañas de mi alma. ¿Odio? Aún no quería darle su nombre, ni quería reconocer que nací, predestinado, con su masa y con su semilla. Aquella noche nací al infierno de mi vida»[15].

---

[15] Observemos que Joaquín se da perfecta cuenta de que el factor decisivo en su malogrado amor ha sido Helena. Sin embargo, él vuelca todo su odio sobre Abel por haber sido éste el favorecido.

IV

—Helena —le decía Abel—, ¡eso de Joaquín me quita el sueño!

—¿El qué?

—Cuando le diga que vamos a casarnos no sé lo que va a ser. Y eso que parece ya tranquilo y como si se resignase a nuestras relaciones...

—¡Sí, bonito es él para resignarse!

—La verdad es que esto no estuvo del todo bien.

—¿Qué? ¿También tú? ¿Es que vamos a ser las mujeres como bestias, que se dan y prestan y alquilan y venden?

—No, pero...

—¿Pero qué?

—Que fue él quien me presentó a ti, para que te hiciera el retrato, y me aproveché...

—¡Y bien aprovechado! ¿Estaba yo acaso comprometida con él? ¡Y aunque lo hubiese estado! Cada cual va a lo suyo.

—Sí, pero...

—¿Qué? ¿Te pesa? Pues por mí... Aunque si tú me dejases ahora[16], ahora que estoy comprometida y todos saben que eres mi novio oficial y que me vas a pedir un día de éstos, no por eso buscaría a Joaquín, ¡no! ¡Menos que nunca! Me sobrarían pretendientes, así, como los dedos de las manos —y levantaba sus dos largas manos de ahusados dedos,

---

[16] Segunda edición: «aunque si aún me dejases ahora». Parece preferible el «aunque si tú» de la primera edición.

aquellas manos que con tanto amor pintara Abel, y sacudía los dedos, como si revolotearan.

Abel le cogió las dos manos en las recias suyas, se las llevó a la boca y las besó alargadamente. Y luego a ella en la boca...

—¡Estate quieto, Abel!

—Tienes razón, Helena, no vamos a turbar nuestra felicidad pensando en lo que sienta y sufra por ella el pobre Joaquín...

—¿Pobre? ¡No es más que un envidioso!

—Pero hay envidias, Helena...

—¡Que se fastidie!

Y después de una pausa llena de un negro silencio:

—Por supuesto, le convidaremos a la boda...

—¡Helena!

—¿Y qué mal hay en ello? Es mi primo, tu primer amigo; a él debemos el habernos conocido. Y si no le convidas tú, le convidaré yo. ¿Que no va? ¡Mejor! ¿Que va? ¡Mejor que mejor!

V

Al anunciar Abel a Joaquín su casamiento, éste dijo:

—Así tenía que ser. Tal para cual.

—Pero bien comprendes...

—Sí, lo comprendo, no me creas un demente o un furioso; lo comprendo, está bien que seáis felices... Yo no lo podré ser ya...

—Pero, Joaquín, por Dios, por lo que más quieras...

—Basta y no hablemos más de ello. Haz feliz a Helena y que ella te haga feliz... Os he perdonado ya...

—¿De veras?

—Sí, de veras. Quiero perdonaros. Me buscaré mi vida.

—Entonces me atrevo a convidarte a la boda, en mi nombre...

—Y en el de ella, ¿eh?

—Sí, en el de ella también.

—Lo comprendo. Iré a realzar vuestra dicha. Iré.

Como regalo de boda mandó Joaquín a Abel un par de magníficas pistolas damasquinadas[17]; como para un artista.

—Son para que te pegues un tiro cuando te canses de mí —le dijo Helena a su futuro marido.

—¡Qué cosas tienes, mujer!

—¿Quién sabe sus intenciones...? Se pasa la vida tramándolas...

«En los días que siguieron a aquel en que me dijo que se

---

[17] Símbolo de rivalidad, de duelo o combate entre dos adversarios. La palabra «duelo» se utilizará más adelante.

casaban —escribió en su *Confesión* Joaquín— sentí como si el alma toda se me helase. Y el hielo me apretaba el corazón. Eran como llamas de hielo. Me costaba respirar. El odio a Helena, y, sobre todo, a Abel, porque era odio, odio frío cuyas raíces me llenaban el ánimo, se me había empedernido. No era una mala planta, era un témpano que se me había clavado en el alma; era, más bien, mi alma toda congelada en aquel odio. Y un hielo tan cristalino, que lo veía todo a su través con una claridad perfecta. Me daba acabada cuenta de que razón, lo que se llama razón, eran ellos los que la tenían; que yo no podía alegar derecho alguno sobre ella; que no se debe ni se puede forzar el afecto de una mujer; que, pues se querían, debían unirse. Pero sentía también confusamente que fui yo quien les llevó, no sólo a conocerse, sino a quererse; que fue por desprecio a mí por lo que se entendieron; que en la resolución de Helena entraba por mucho el hacerme rabiar y sufrir, el darme dentera, el rebajarme a Abel, y en la de éste el soberano egoísmo, que nunca le dejó sentir el sufrimiento ajeno. Ingenuamente, sencillamente, no se daba cuenta de que existieran otros. Los demás éramos para él, a lo sumo, modelos para sus cuadros. No sabía ni odiar; tan lleno de sí vivía.

»Fui a la boda con el alma escarchada de odio, el corazón garapiñado en hielo agrio, pero sobrecogido de un mortal terror, temiendo que, al oír el sí de ellos, el hielo se me resquebrajara y, hendido el corazón, quedase allí muerto o imbécil. Fui a ella como quien va a la muerte. Y lo que me ocurrió fue más mortal que la muerte misma; fue peor, mucho peor que morirse. Ojalá me hubiese entonces muerto allí.

»Ella estaba hermosísima. Cuando me saludó sentí que una espada de hielo, de hielo dentro del hielo de mi corazón, junto a la cual aún era tibio el mío, me lo atravesaba; era la sonrisa insolente de su compasión. "¡Gracias!" —me dijo, y entendí: "¡Pobre Joaquín!" Él, Abel, él ni sé si me vio. "Comprendo tu sacrificio" —me dijo, por no callarse—. "No, no hay tal —le repliqué—; te dije que vendría y vengo; ya ves que soy razonable; no podía faltar a mi amigo de siempre, a mi hermano." Debió de parecerle interesante mi actitud, aunque poco pictórica. Yo era allí el convidado de piedra.

»Al acercarse el momento fatal yo contaba los segundos. "¡Dentro de poco —me decía— ha terminado para mí todo!" Creo que se me paró el corazón. Oí claros y distintos los dos *sís*, el de él y el de ella. Ella me miró al pronunciarlo. Y quedé más frío que antes, sin un sobresalto, sin una palpitación, como si nada que me tocase hubiese oído. Y ello me llenó de infernal terror a mí mismo. Me sentí peor que un monstruo, me sentí como si no existiera, como si no fuese nada más que un pedazo de hielo, y esto para siempre[18]. Llegué a palparme la carne, a pellizcármela, a tomarme el pulso. "¿Pero estoy vivo? ¿Y soy yo?" —me dije.

»No quiero recordar todo lo que sucedió aquel día. Se despidieron de mí y fuéronse a su viaje de luna de miel. Yo me hundí en mis libros, en mi estudio, en mi clientela, que empezaba ya a tenerla. El despejo mental que me dio aquel golpe de lo ya irreparable, el descubrimiento en mí mismo de que no hay alma, moviéronme a buscar en el estudio, no ya consuelo —consuelo, ni lo necesitaba ni lo quería—, sino apoyo para una ambición inmensa. Tenía que aplastar, con la fama de mi nombre, la fama ya incipiente de Abel; mis descubrimientos científicos, obra de arte, de verdadera poesía, tenían que hacer sombra a sus cuadros. Tenía que llegar a comprender un día Helena que era yo, el médico, el antipático, quien habría de darle aureola de gloria, y no él, no el pintor. Me hundí en el estudio. ¡Hasta llegué a creer que los olvidaría! ¡Quise hacer de la ciencia un narcótico y a la vez un estimulante!»

---

[18] Esta mirada de Helena a su anterior pretendiente en el momento del enlace matrimonial es tan anormal que Joaquín ve en ella un indicio de una divinidad condenatoria que le deja congelado en el tiempo. Varios críticos mencionan el paralelo con el *Infierno* de Dante Alighieri, y efectivamente en los Cantos 32, 33 y 34 de esta obra el poeta atraviesa las regiones de Caína, Antenora y Judecca en que las almas de los traidores cumplen su condena eterna inmersos en el hielo. Pero tal vez lo más interesante no es que Unamuno utilice esta imagen dantesca de un infierno de hielo, sino que invierta los términos. En Dante los que sufren la pena del hielo son los traidores; en Unamuno es el que se siente traicionado, Joaquín, el que dice sufrir el suplicio de las «llamas de hielo».

VI

Al poco de haber vuelto los novios de su viaje de luna de miel cayó Abel enfermo de alguna gravedad, y llamaron a Joaquín a que le viese y le asistiese.

—Estoy muy intranquila, Joaquín —le dijo Helena—; anoche no ha hecho sino delirar, y en el delirio no hacía sino llamarte.

Examinó Joaquín con todo cuidado y minucia a su amigo, y luego, mirando ojos a ojos a su prima, le dijo:

—La cosa es grave, pero creo que le salvaré. Yo soy quien no tiene salvación ya.

—Sí, sálvamelo —exclamó ella—. Y ya sabes...

—¡Sí, lo sé todo! —y se salió.

Helena se fue al lecho de su marido, le puso una mano sobre la frente, que le ardía, y se puso a temblar. «¡Joaquín, Joaquín —deliraba Abel—, perdónanos, perdóname!»

—¡Calla —le dijo casi al oído Helena—, calla!; ha venido a verte y dice que te curará, que te sanará... Dice que te calles...

—¿Que me curará...? —añadió maquinalmente el enfermo.

Joaquín llegó a su casa también febril, pero con una especie de fiebre de hielo. «¿Y si se muriera...?», pensaba. Echóse vestido sobre la cama y se puso a imaginar escenas de lo que acaecería si Abel se muriese; el luto de Helena, sus entrevistas con la viuda, el remordimiento de ésta, el descubrimiento por parte de ella de quién era él, Joaquín, y de cómo, con qué violencia necesitaba el desquite y la necesitaba a ella, y cómo caía al fin ella en sus brazos y reconocía que lo otro, la traición, no había sido sino una pesadilla, un mal sueño de coqueta; que siempre le había querido a él, a Joaquín, y no a otro. «¡Pero no se morirá!», se dijo luego. «¡No dejaré yo que se muera, no debo dejarlo, está comprometido mi honor, y luego... necesito que viva!»

Y al decir esto: «¡necesito que viva!», temblábale toda el alma, como tiembla el follaje de una encina a la sacudida del huracán.

«Fueron unos días atroces aquellos de la enfermedad de Abel —escribía en su *Confesión* el otro—, unos días de tortura increíble. Estaba en mi mano dejarle morir, aún más, hacerle morir sin que nadie lo sospechase, sin que de ello quedase rastro alguno. He conocido en mi práctica profesional casos de extrañas muertes misteriosas que he podido ver luego iluminadas al trágico fulgor de sucesos posteriores: una nueva boda de la viuda y otros así. Luché entonces como no he luchado nunca conmigo mismo, con ese hediondo dragón que me ha envenenado y entenebrecido la vida. Estaba allí comprometido mi honor de médico, mi honor de hombre, y estaba comprometida mi salud mental, mi razón. Comprendí que me agitaba bajo las garras de la locura; vi el espectro de la demencia haciendo sombra en mi corazón. Y vencí. Salvé a Abel de la muerte. Nunca he estado más feliz, más acertado. El exceso de mi infelicidad me hizo estar felicísimo de acierto.»

—Ya está fuera de todo cuidado tu... marido —le dijo un día Joaquín a Helena.

—Gracias, Joaquín, gracias —y le cogió la mano, que él se la dejó entre las suyas; no sabes cuánto te debemos...

—Ni vosotros sabéis cuánto os debo...

—Por Dios, no seas así...; ahora que tanto te debemos no volvamos a eso...

—No, si no vuelvo a nada. Os debo mucho. Esta enfermedad de Abel me ha enseñado mucho, pero mucho...

—¿Ah, le tomas como a un caso?

—¡No, Helena, no; el caso soy yo!

—Pues no te entiendo.

—Ni yo del todo. Y te digo que estos días, luchando por salvar a tu marido...

—¡Di a Abel!

—Bien sea; luchando por salvarle he estudiado con su enfermedad la mía y vuestra felicidad y he decidido... ¡casarme!

—¿Ah, pero tienes novia?

—No, no la tengo aún, pero la buscaré. Necesito un hogar. Buscaré mujer. ¿O crees tú, Helena, que no encontraré una mujer que me quiera?

—¡Pues no la has de encontrar, hombre, pues no la has de encontrar!

—Una mujer que me quiera, digo.

—¡Sí, te he entendido; una mujer que te quiera, sí!

—Porque como partido...

—Sí, sin duda eres un buen partido..., joven, no pobre, con una buena carrera, empezando a tener fama, bueno...

—Bueno... sí, y antipático, ¿no es eso?

—¡No, hombre, no; tú no eres antipático!

—¡Ay, Helena, Helena!, ¿dónde encontraré una mujer...?

—¿Que te quiera?

—No, sino que no me engañe, que me diga la verdad, que no se burle de mí, Helena, ¡que no se burle de mí! Que se case conmigo por desesperación, porque yo la mantenga, pero que me lo diga...

—Bien has dicho que estás enfermo, Joaquín. ¡Cásate!

—¿Y crees, Helena, que hay alguien, hombre o mujer, que pueda quererme?

—No hay nadie que no pueda encontrar quien le quiera.

—¿Y querré yo a mi mujer? ¿Podré quererla? Dime.

—Hombre, pues no faltaba más...

—Porque mira, Helena, no es lo peor no ser querido, no poder ser querido, lo peor es no poder querer.

—Eso dice don Mateo, el párroco, del demonio, que no puede querer.

—Y el demonio anda por la tierra, Helena.
—Cállate y no me digas esas cosas.
—Es peor que me las diga a mí mismo.
—¡Pues cállate![19]

---

[19] La incapacidad de Joaquín para el amor es tema que se repetirá varias veces hasta el mismo final. Pero no hay que olvidar que el intercambio entre los dos personajes es ambiguo, puesto que el «no poder querer» es aplicable a ambos.

VII

Dedicóse Joaquín, para salvarse, requiriendo amparo a su pasión, a buscar mujer, los brazos fraternales de una esposa en que defenderse de aquel odio que sentía, un regazo en que esconder la cabeza como un niño que siente terror al coco, para no ver los ojos infernales del dragón de hielo.

¡Aquella pobre Antonia!

Antonia había nacido para madre; era todo ternura, todo compasión. Adivinó en Joaquín, con divino instinto, un enfermo, un inválido del alma, un poseso, y sin saber de qué enamoróse de su desgracia. Sentía un misterioso atractivo en las palabras frías y cortantes de aquel médico que no creía en la virtud ajena.

Antonia era la hija única de una viuda a que asistía Joaquín.

—¿Cree usted que saldrá de ésta? —le preguntaba a él.

—Lo veo difícil, muy difícil. Está la pobre muy trabajada, muy acabada; ha debido de sufrir mucho... Su corazón está muy débil...

—¡Sálvemela usted, don Joaquín; sálvemela usted, por Dios! ¡Si pudiera, daría mi vida por la suya!

—No, eso no se puede. Y, además, ¿quién sabe? La vida de usted, Antonia, ha de hacer más falta que la de ella...

—¿La mía? ¿Para qué? ¿Para quién?

—¡Quién sabe!

Llegó la muerte de la pobre viuda.

—No ha podido ser, Antonia —dijo Joaquín—. ¡La ciencia es impotente!

—¡Sí, Dios lo ha querido!

—¿Dios?

—¡Ah! —y los ojos bañados en lágrimas de Antonia clavaron su mirada en los de Joaquín, enjutos y acerados—. ¿Pero usted no cree en Dios?

—¿Yo? ¡No lo sé!

A la pobre huérfana, la compunción de piedad que entonces sintió por el médico aquel le hizo olvidar por un momento la muerte de su madre.

—Y si yo no creyera en Él, ¿qué haría ahora?

—La vida todo lo puede, Antonia.

—¡Puede más la muerte! Y ahora... tan sola... sin nadie...

—Eso sí, la soledad es terrible. Pero usted tiene el recuerdo de su santa madre, el vivir para encomendarla a Dios... ¡Hay otra soledad mucho más terrible!

—¿Cuál?

—La de aquel a quien todos menosprecian, de quien todos se burlan... La del que no encuentra quien le diga la verdad...

—¿Y qué verdad quiere usted que se le diga?

—¿Me la dirá usted ahora, aquí, sobre el cuerpo aún tibio de su madre? ¿Jura usted decírmela?

—Sí, se la diré.

—Bien; yo soy un antipático, ¿no es así?

—¡No, no es así!

—La verdad, Antonia...

—¡No, no es así!

—Pues ¿qué soy?

—¿Usted? Usted es un desgraciado, un hombre que sufre...

Derritiósele a Joaquín el hielo y asomáronsele unas lágrimas a los ojos. Y volvió a temblar hasta las raíces del alma.

Poco después Joaquín y la huérfana formalizaban sus relaciones, dispuestos a casarse luego que pasase el año de luto de ella.

«Pobre mi mujercita —escribía, años después, Joaquín en su *Confesión*—, empeñada en quererme y en curarme, en vencer la repugnancia que sin duda yo debía de inspirarle. Nunca me lo dijo, nunca me lo dio a entender. Pero ¿podía no inspirarle yo repugnancia, sobre todo cuando le descubrí la lepra de mi alma, la gangrena de mis odios? Se casó conmigo como se habría casado con un leproso, no me cabe duda de ello, por divina piedad, por espíritu de abnegación y de sacrificio cristianos, para salvar mi alma y así salvar la suya, por heroísmo de santidad. ¡Y fue una santa! ¡Pero no me curó de Helena, no me curó de Abel! Su santidad fue para mí un remordimiento más.

»Su mansedumbre me irritaba. Había veces en que, ¡Dios me perdone!, la habría querido mala, colérica, despreciativa.»

VIII

En tanto, la gloria artística de Abel seguía creciendo y confirmándose. Era ya uno de los pintores de más nombradía de la nación toda, y su renombre empezaba a traspasar las fronteras. Y esa fama creciente era como una granizada desoladora en el alma de Joaquín. «Sí, es un pintor muy científico; domina la técnica; sabe mucho, mucho; es habilísimo» —decía de su amigo, con palabras que silbaban. Era un modo de fingir exaltarle, deprimiéndole.

Porque él, Joaquín, presumía ser un artista, un verdadero poeta en su profesión, un clínico genial, creador, intuitivo, y seguía soñando con dejar su clientela para dedicarse a la ciencia pura, a la patología teórica, a la investigación. ¡Pero ganaba tanto...!

«No era, sin embargo, la ganancia —dice en su *Confesión* póstuma— lo que más me impedía dedicarme a la investigación científica. Tirábame a ésta, por un lado, el deseo de adquirir fama y renombre, de hacerme una gran reputación científica y asombrar con ella la artística de Abel[20], de castigar así a Helena, de vengarme de ellos, de ellos y de todos los demás, y aquí encadenaba los más locos de mis ensueños; mas, por otra parte, esa misma pasión fangosa, el exceso de mi despecho y mi odio me quitaba serenidad de espíritu. No, no tenía el ánimo para el estudio, que lo requiere limpio y tranquilo. La clientela me distraía.

»La clientela me distraía, pero a veces temblaba pensan-

---

[20] Se utiliza aquí «asombrar» con el sentido de hacer sombra, oscurecer.

do que el estado de distracción en que mi pasión me tenía preso me impidiera prestar el debido cuidado a las dolencias de mis pobres enfermos.

»Ocurrióme un caso que me sacudió las entrañas. Asistía a una pobre señora, enferma de algún riesgo, pero no caso desesperado, a la que él había hecho un retrato, un retrato magnífico, uno de sus mejores retratos, de los que han quedado como definitivos de entre los que ha pintado, y aquel retrato era lo primero que se me venía a los ojos y al oído así que entraba en la casa de la enferma[21]. Estaba viva en el retrato, más viva que en el lecho de la carne y hueso sufrientes. Y el retrato parecía decirme: "¡Mira, él me ha dado vida para siempre! A ver si tú me alargas esta otra de aquí abajo." Y junto a la pobre enferma, auscultándola, tomándole el pulso, no veía sino a la otra, a la retratada. Estuve torpe, torpísimo, y la pobre enferma se me murió; la dejé morir, más bien por mi torpeza, por mi criminal distracción. Sentí horror de mí mismo, de mi miseria.

»A los pocos días de muerta la señora aquella tuve que ir a su casa a ver allí otro enfermo, y entré dispuesto a no mirar el retrato. Pero era inútil, porque era él, el retrato, el que me miraba, aunque yo no le mirase, y me atraía la mirada. Al despedirme me acompañó hasta la puerta el viudo. Nos detuvimos al pie del retrato, y yo, como empujado por una fuerza irresistible y fatal, exclamé:

»—¡Magnífico retrato! ¡Es de lo mejor que ha hecho Abel!

»—Sí —me contestó el viudo—, es el mayor consuelo que me queda. Me paso largas horas contemplándola. Parece como que me habla.

»—¡Sí, sí —añadí—, este Abel es un artista estupendo!

»Y al salir me decía: "¡Yo la dejé morir y él la resucita!"»

Sufría Joaquín mucho cada vez que se le moría alguno de sus enfermos, sobre todo los niños, pero la muerte de otros le tenía sin grave cuidado.

---

[21] En las diversas ediciones que he consultado se lee «odio» por «oído», pero esto es errata, puesto que lo que Joaquín dice es que el retrato está tan vivo que la retratada parece que habla y él la oye.

«¿Para qué querrá vivir? —decíase de algunos—. Hasta le haría un favor dejándole morir...»

Sus facultades de observador psicólogo habíansele aguzado con su pasión de ánimo y adivinaba al punto las más ocultas lacerias morales. Percatábase enseguida, bajo el embuste de las convenciones, de qué maridos preveían sin pena, cuando no deseaban, la muerte de sus mujeres, y qué mujeres ansiaban verse libres de sus maridos, acaso para tomar otros de antemano escogidos ya. Cuando, al año de la muerte de su cliente Álvarez, la viuda se casó con Menéndez, amigo íntimo del difunto, Joaquín se dijo: «Sí que fue rara aquella muerte... Ahora me la explico... ¡La humanidad es lo más cochino que hay, y la tal señora, dama caritativa, una de las señoras de lo más honrado!»

—Doctor— le decía una vez uno de sus enfermos—, máteme usted, por Dios; máteme usted sin decirme nada, que ya no puedo más... Déme algo que me haga dormir para siempre...

«¿Y por qué no había de hacer lo que este hombre quiere —se decía Joaquín— si no vive más que para sufrir? ¡Me da pena! ¡Cochino mundo!»

Y eran sus enfermos para él no pocas veces espejos.

Un día le llegó una pobre mujer de la vecindad, gastada por los años y los trabajos, cuyo marido, en los veinticinco años de matrimonio, se había enredado con una pobre aventurera. Iba a contarle sus cuitas la mujer desdeñada.

—¡Ay, don Joaquín! —le decía—. Usted, que dicen que sabe tanto, a ver si me da un remedio para que le cure a mi pobre marido del bebedizo que le ha dado esa pelona.

—¿Pero qué bebedizo, mujer de Dios?

—Se va a ir a vivir con ella, dejándome a mí, al cabo de veinticinco años...

—Más extraño es que la hubiese dejado de recién casados, cuando usted era joven y acaso...

—¡Ah, no señor, no! Es que le ha dado un bebedizo trastornándole el seso; porque, si no, no podría ser... No podría ser...

—Bebedizo... bebedizo... —murmuró Joaquín.

—Sí, don Joaquín; sí, un bebedizo... Y usted, que sabe tanto, déme un remedio para él.

—¡Ay, buena mujer!, ya los antiguos trabajaron en balde para encontrar un agua que los rejuveneciese...

Y cuando la pobre mujer se fue desolada, Joaquín se decía: «Pero ¿no se mirará al espejo esta desdichada? ¿No verá el estrago de los años de rudo trabajo? Estas gentes del pueblo todo lo atribuyen a bebedizos o a envidias... ¿Que no encuentran trabajo? Envidias... ¿Que les sale algo mal? Envidias... El que todos sus fracasos los atribuye a ajenas envidias es un envidioso. ¿Y no lo seremos todos? ¿No me habrán dado un bebedizo?»

Durante unos días apenas pensó más que en el bebedizo. Y acabó diciéndose: «¡Es el pecado original!»

IX

Casóse Joaquín con Antonia buscando en ella un amparo, y la pobre adivinó desde luego su menester, el oficio que
hacía en el corazón de su marido y cómo le era un escudo
y un posible consuelo. Tomaba por marido a un enfermo,
acaso a un inválido incurable del alma; su misión era la de
una enfermera. Y la aceptó llena de compasión, llena de
amor a la desgracia de quien así unía su vida a la de ella.

Sentía Antonia que entre ella y su Joaquín había como un
muro invisible, una cristalina y transparente muralla de hielo.
Aquel hombre no podía ser de su mujer, porque no era de sí
mismo, dueño de sí, sino a la vez un enajenado y un poseído. En los más íntimos transportes de trato conyugal una invisible sombra fatídica se interponía entre ellos. Los besos de
su marido parecíanle besos robados, cuando no de rabia.

Joaquín evitaba hablar de su prima Helena delante de su
mujer, y ésta, que se percató de ello al punto, no hacía sino
sacarla a colación a cada paso en sus conversaciones.

Esto en un principio, que más adelante evitó mentarla.

Llamáronle un día a Joaquín a casa de Abel, como a médico, y se enteró de que Helena llevaba ya en sus entrañas
fruto de su marido, mientras que su mujer, Antonia, no
ofrecía aún muestra alguna de ello. Y al pobre le asaltó una
tentación vergonzosa, de que se sentía abochornado, y era
la de un diablo[22] que le decía: «¿Ves? ¡Hasta es más hombre

---

[22] Este diablo o demonio, que se menciona repetidamente en la novela, representa la dimensión satánica de Joaquín, esa parte de su ser que se
desespera y se llena de odio incontrolable.

que tú! Él, él, que con su arte resucita e inmortaliza a los que tú dejas morir por tu torpeza, él tendrá pronto un hijo, traerá un nuevo viviente, una obra suya de carne y sangre y hueso al mundo, mientras tú... Tú acaso no seas capaz de ello... ¡Es más hombre que tú!»

Entró mustio y sombrío en el puerto de su hogar.

—Vienes de casa de Abel, ¿no? —le preguntó su mujer.

—Sí. ¿En qué lo has conocido?

—En tu cara. Esa casa es tu tormento. No debías ir allí...

—¿Y qué voy a hacer?

—¡Excusarte! Lo primero es tu salud y tu tranquilidad...

—Aprensiones tuyas...

—No, Joaquín, no quieras ocultármelo... —y no pudo continuar, porque las lágrimas le ahogaron la voz.

Sentóse la pobre Antonia. Los sollozos se le arrancaban de cuajo.

—Pero ¿qué te pasa, mujer, qué es eso?

—Dime tú lo que a ti te pasa, Joaquín; confíamelo todo, confiésate conmigo...

—No tengo nada de qué acusarme...

—Vamos, ¿me dirás la verdad, Joaquín, la verdad?

El hombre vaciló un momento, pareciendo luchar con un enemigo invisible, con el diablo de su guarda, y con voz arrancada de una resolución súbita, desesperada, gritó casi:

—¡Sí, te diré la verdad, toda la verdad!

—Tú quieres a Helena; tú estás enamorado todavía de Helena.

—¡No, no lo estoy! ¡No lo estoy! ¡Lo estuve; pero no lo estoy ya, no!

—¿Pues entonces?

—¿Entonces, qué?

—¿A qué esa tortura en que vives? Porque esa casa, la casa de Helena, es la fuente de tu mal humor; esa casa es la que no te deja vivir en paz; es Helena...

—¡Helena, no! ¡Es Abel!

—¿Tienes celos de Abel?

—Sí, tengo celos de Abel; le odio, le odio, le odio —y cerraba la boca y los puños al decirlo, pronunciándolo entre dientes.

115

—Tienes celos de Abel... Luego quieres a Helena.

—No, no quiero a Helena. Si fuese de otro, no tendría celos de ese otro. No, no quiero a Helena; la desprecio, desprecio a la pava real esa, a la belleza profesional, a la modelo del pintor de moda, a la querida de Abel...

—¡Por Dios, Joaquín, por Dios!

—Sí, a su querida... legítima. ¿O es que crees que la bendición de un cura cambia un arrimo en matrimonio?

—Mira, Joaquín, que estamos casados como ellos...

—¡Como ellos, no, Antonia; como ellos, no! Ellos se casaron por rebajarme, por humillarme, por denigrarme; ellos se casaron para burlarse de mí; ellos se casaron contra mí.

Y el pobre hombre rompió en unos sollozos que le ahogaban el pecho, cortándole el respiro. Se creía morir.

—Antonia..., Antonia... —suspiró con un hilito de voz apagada.

—¡Pobre hijo mío! —exclamó ella abrazándole.

Y le tomó en su regazo como a un niño enfermo, acariciándole. Y le decía:

—Cálmate, mi Joaquín, cálmate... Estoy aquí, yo, tu mujer, toda tuya y sólo tuya. Y ahora que sé del todo tu secreto, soy más tuya que antes y te quiero más que nunca... Olvídalos..., desprécialos... Habría sido peor que una mujer así te hubiese querido...

—Sí; pero él, Antonia, él...

—¡Olvídale!

—No puedo olvidarle... Me persigue... Su fama, su gloria me sigue a todas partes...

—Trabaja tú y tendrás fama y gloria, porque no vales menos que él. Deja la clientela, que no la necesitamos; vámonos de aquí a Renada, a la casa que fue de mis padres, y allí dedícate a lo que más te guste, a la ciencia, a hacer descubrimientos de ésos, y que se hable de ti... Yo te ayudaré en lo que pueda... Yo haré que no te distraigan..., y serás más que él...

—No puedo, Antonia, no puedo; sus éxitos me quitan el sueño y no me dejarían trabajar en paz... La visión de sus cuadros maravillosos se pondría entre mis ojos y el microscopio y no me dejaría ver lo que otros no han visto aún por él... No puedo..., no puedo...

Y bajando la voz como un niño, casi balbuciendo, como atontado por la caída en la sima de su abyección, sollozó diciendo:

—Y van a tener un hijo, Antonia...

—También nosotros le tendremos —le suspiró ella al oído, envolviéndolo en un beso—; no me lo negará la Santísima Virgen, a quien se lo pido todos los días... Y el agua bendita de Lourdes...[23].

—¿También tú crees en bebedizos, Antonia?

—¡Creo en Dios!

—«Creo en Dios» —se repitió Joaquín al verse solo; solo con el otro—. «¿Y qué es creer en Dios? ¿Dónde está Dios? ¡Tendré que buscarle!»

---

[23] Lourdes: famoso lugar de peregrinación en el Pirineo francés donde se dice que tuvo lugar una aparición de la Virgen María en 1858 y cuyas aguas naturales tienen fama de haber efectuado curaciones milagrosas.

X

«Cuando Abel tuvo su hijo —escribía en su *Confesión* Joaquín— sentí que el odio se me enconaba. Me había invitado a asistir a Helena al parto, pero me excusé con que yo no asistía a partos, lo que era cierto, y con que no sabría conservar toda la sangre fría, mi sangre arrecida más bien, ante mi prima si se viera en peligro. Pero mi diablo me insinuó la feroz tentación de ir a asistirla y de ahogar a hurtadillas al niño. Vencí a la asquerosa idea.

»Aquel nuevo triunfo de Abel, del hombre, no ya del artista —el niño era una hermosura, una obra maestra de salud y de vigor, "un angelito", decían—, me apretó aún más a mi Antonia, de quien esperaba el mío. Quería, necesitaba que la pobre víctima de mi ciego odio —pues la víctima era mi mujer más que yo— fuese madre de hijos míos, de carne de mi carne, de entrañas de mis entrañas torturadas por el demonio. Sería la madre de mis hijos y por ello superior a las madres de los hijos de otros. Ella, la pobre, me había preferido a mí, al antipático, al despreciado, al afrentado; ella había tomado lo que otra desechó con desdén y burla. ¡Y hasta me hablaba bien de ellos!

»El hijo de Abel, Abelín, pues le pusieron el mismo nombre de su padre y como para que continuara su linaje y la gloria de él; el hijo Abel, que habría de ser, andando el tiempo, instrumento de mi desquite, era una maravilla de niño. Y yo necesitaba tener uno así, más hermoso aún que él.»

XI

—¿Y qué preparas ahora? —le preguntó a Abel Joaquín un día en que, habiendo ido a ver al niño, se encontraron en el cuarto de estudio de aquél.

—Pues ahora voy a pintar un cuadro de historia, o, mejor, de Antiguo Testamento, y me estoy documentando...

—¿Cómo? ¿Buscando modelos de aquella época?

—No; leyendo la Biblia y comentarios a ella.

—Bien digo yo que tú eres un pintor científico...

—Y tú un médico artista, ¿no es eso?

—¡Peor que un pintor científico... literato! ¡Cuida de no hacer con el pincel literatura!

—Gracias por el consejo.

—¿Y cuál va a ser el asunto de tu cuadro?

—La muerte de Abel por Caín, el primer fratricidio. Joaquín palideció aún más, y mirando fijamente a su primer amigo, le preguntó a media voz:

—¿Y cómo se te ha ocurrido eso?

—Muy sencillo —contestó Abel, sin haberse percatado del ánimo de su amigo—; es la sugestión del nombre. Como me llamo Abel... Dos estudios de desnudo...

—Sí, desnudo del cuerpo...

—Y aun del alma...

—¿Pero piensas pintar sus almas?

—¡Claro está! El alma de Caín, de la envidia, y el alma de Abel...

—¿El alma de qué?

—En eso estoy ahora. No acierto a dar con la expresión,

119

con el alma de Abel. Porque quiero pintarle antes de morir, derribado en tierra y herido de muerte por su hermano. Aquí tengo el Génesis y el *Caín* de lord Byron[24]. ¿Lo conoces?

—No, no conozco el *Caín* de lord Byron. ¿Y qué has sacado de la Biblia?

—Poca cosa... Verás —y tomando un libro, leyó: «y conoció Adán a su mujer Eva, la cual concibió y parió a Caín, y dijo: He adquirido varón por Jehová. Y después parió a su hermano Abel, y fue Abel pastor de ovejas, y Caín fue labrador de la tierra. Y aconteció, andando el tiempo, que Caín trajo del fruto de la tierra una ofrenda a Jehová y Abel trajo de los primogénitos de sus ovejas y de su grosura. Y miró Jehová con agrado a Abel y a su ofrenda, mas no miró propicio a Caín y a la ofrenda...»[25].

—Y eso, ¿por qué? —interrumpió Joaquín—. ¿Por qué miró Dios con agrado la ofrenda de Abel y con desdén la de Caín?

—No lo explica aquí...

—¿Y no te lo has preguntado tú antes de ponerte a pintar tu cuadro?

—Aún no... Acaso porque Dios veía ya en Caín el futuro matador de su hermano..., al envidioso...

—Entonces es que le había hecho envidioso, es que le había dado un bebedizo. Sigue leyendo.

—«Y ensañóse Caín en gran manera y decayó su semblante. Y entonces Jehová dijo a Caín: ¿Por qué te has ensañado? ¿Y por qué se ha demudado tu rostro? Si bien hicieres, ¿no serás ensalzado?; y si no hicieres bien, el pecado está a tu puerta. Ahí está que te desea, pero tú le dominarás...»

—Y le venció el pecado —interrumpió Joaquín— porque Dios le había dejado de su mano. ¡Sigue!

—«Y habló Caín a su hermano Abel, y aconteció que es-

---

[24] Byron: poeta romántico inglés (1788-1824). Su obra *Caín,* que recrea el mito bíblico desde el punto de vista del fratricida, fue compuesta y publicada en 1821, provocando el escándalo y acusaciones de blasfemia.

[25] Esta cita bíblica y las que siguen provienen del *Libro de Génesis,* 4: 1-9.

tando ellos en el campo, Caín se levantó contra su hermano Abel y le mató. Y Jehová dijo a Caín...»

—¡Basta! No leas más. No me interesa lo que Jehová dijo a Caín luego que la cosa no tenía ya remedio.

Apoyó Joaquín los codos en la mesa, la cara entre las palmas de la mano, y clavando una mirada helada y punzante en la mirada de Abel, sin saber de qué alarmado, le dijo:

—¿No has oído nunca una especie de broma que gastan con los niños que aprenden de memoria la Historia Sagrada cuando les preguntan: «¿Quién mató a Caín?»

—¡No!

—Pues sí, les preguntan eso, y los niños, confundiéndose, suelen decir: «Su hermano Abel.»

—No sabía eso.

—Pues ahora lo sabes. Y dime tú, que vas a pintar esa escena bíblica... ¡y tan bíblica!, ¿no se te ha ocurrido pensar que si Caín no mata a Abel habría sido éste el que habría acabado matando a su hermano?

—¿Y cómo se te puede ocurrir eso?

—Las ovejas de Abel eran adeptas a Dios, y Abel, el pastor, hallaba gracia a los ojos del Señor, pero los frutos de la tierra de Caín, del labrador, no gustaban a Dios, ni tenía para Él gracia Caín. El agraciado, el favorito de Dios era Abel...; el desgraciado, Caín.

—¿Y qué culpa tenía Abel de eso?

—¡Ah!, pero ¿tú crees que los afortunados, los agraciados, los favoritos, no tienen culpa de ello? La tienen de no ocultar, y ocultar como una vergüenza, que lo es, todo favor gratuito, todo privilegio no ganado por propios méritos, de no ocultar esa gracia en vez de hacer ostentación de ella. Porque no me cabe duda de que Abel restregaría a los hocicos de Caín su gracia, le azuzaría con el humo de sus ovejas sacrificadas a Dios. Los que se creen justos suelen ser unos arrogantes que van a deprimir a los otros con la ostentación de su justicia. Ya dijo quien lo dijera que no hay canalla mayor que las personas honradas...

—¿Y tú sabes —le preguntó Abel, sobrecogido por la gravedad de la conversación— que Abel se jactara de su gracia?

121

—No me cabe duda, ni de que no tuvo respeto a su hermano mayor, ni pidió al Señor gracia también para él. Y sé más, y es que los abelitas han inventado el infierno para los cainitas porque si no su gloria les resultaría insípida. Su goce está en ver, libres de padecimientos, padecer a los otros...

—¡Ay, Joaquín, qué malo estás!

—Sí, nadie es médico de sí mismo. Y ahora dame ese *Caín* de lord Byron, que quiero leerlo.

—¡Tómalo!

—Y dime, ¿no te inspira tu mujer algo para ese cuadro?, ¿no te da alguna idea?

—¿Mi mujer? En esta tragedia no hubo mujer.

—En toda tragedia la hay, Abel.

—Sería acaso Eva...

—Acaso... La que les dio la misma leche: el bebedizo...

XII

Leyó Joaquín el *Caín* de lord Byron. Y en su *Confesión* escribía más tarde:

«Fue terrible el efecto que la lectura de aquel libro me hizo. Sentí la necesidad de desahogarme, y tomé unas notas que aún conservo y las tengo ahora aquí presentes. Pero ¿fue sólo por desahogarme? No, fue con el propósito de aprovecharlas algún día pensando que podrían servirme de materiales para una obra genial. La vanidad nos consume. Hacemos espectáculo de nuestras más íntimas y asquerosas dolencias. Me figuro que habrá quien desee tener un tumor pestífero como no le ha tenido antes ninguno para hombrearse con él. ¿Esta misma *Confesión* no es algo más que un desahogo?

»He pensado alguna vez romperla para librarme de ella. Pero ¿me libraría? ¡No! Vale más darse un espectáculo que consumirse. Y al fin y al cabo no es más que espectáculo la vida.

»La lectura del *Caín* de lord Byron me entró hasta lo más íntimo. ¡Con qué razón culpaba Caín a sus padres de que hubieran cogido de los frutos del árbol de la ciencia en vez de coger de los del árbol de la vida! A mí, por lo menos, la ciencia no ha hecho más que exacerbarme la herida.

»¡Ojalá nunca hubiera vivido!, digo con aquel Caín. ¿Por qué me hicieron? ¿Por qué he de vivir? Y lo que no me explico es cómo Caín no se decidió por el suicidio. Habría sido el más noble comienzo de la historia humana. Pero ¿por qué no se suicidaron Adán y Eva después de la caída y antes de haber dado hijos? ¡Ah, es que entonces Jehová habría hecho otros iguales y otro Caín y otro Abel! ¿No se repetirá esta misma tragedia en otros mundos, allá por las estrellas? ¿Acaso la tragedia tiene otras representaciones, sin que baste el estreno de la tierra? Pero ¿fue estreno?

»Cuando leí cómo Luzbel le declaraba a Caín cómo era éste, Caín, inmortal, es cuando empecé con terror a pensar si yo también seré inmortal y si será inmortal en mí mi odio. "¿Tendré alma —me dije entonces—, será este mi odio alma?", y llegué a pensar que no podría ser de otro modo, que no puede ser función de un cuerpo un odio así. Lo que no había encontrado con el escalpelo en otros lo encontré en mí. Un organismo corruptible no podía odiar como yo odiaba. Luzbel aspiraba a ser Dios, y yo, desde muy niño, ¿no aspiré a anular a los demás? ¿Y cómo podía ser yo tan desgraciado si no me hizo tal el creador de la desgracia?

»Nada le costaba a Abel criar sus ovejas, como nada le costaba a él, al otro, hacer sus cuadros; pero a mí, a mí me costaba mucho diagnosticar las dolencias de mis enfermos.

»Quejábase Caín de que Adah, su propia querida Adah, su mujer y hermana, no comprendiera el espíritu que a él le abrumaba. Pero sí, sí, mi Adah, mi pobre Adah, comprendía mi espíritu. Es que era cristiana. Mas tampoco yo encontré algo que conmigo simpatizara.

»Hasta que leí y releí el *Caín* byroniano, yo, que tantos hombres había visto agonizar y morir, no pensé en la muerte, no la descubrí. Y entonces pensé si al morir me moriría con mi odio, si se moriría conmigo o si me sobreviviría; pensé si el odio sobrevive a los odiadores, si es algo substancial y que se transmite; si es el alma, la esencia misma del alma. Y empecé a creer en el infierno y que la muerte es un ser, es el Demonio, es el Odio hecho persona, es el Dios del alma. Todo lo que mi ciencia no me enseñó me enseñaba el terrible poema de aquel gran odiador que fue lord Byron.

»Mi Adah también me echaba dulcemente en cara cuando yo no trabajaba, cuando no podía trabajar. Y Luzbel estaba entre mi Adah y yo. "¡No vayas con ese Espíritu!" —me gritaba mi Adah. ¡Pobre Antonia! Y me pedía también que le salvara de aquel Espíritu. Mi pobre Adah no llegó a odiarlos como los odiaba yo. ¿Pero llegué yo a querer de veras a mi Antonia? ¡Ah!, si hubiera sido capaz de quererla me habría salvado. Era para mí otro instrumento de venganza. Queríala para madre de un hijo o de una hija que me vengaran. Aunque pensé, necio de mí, que una vez padre se me curaría aquello. ¿Mas acaso no me casé sino para hacer odiosos como yo, para transmitir mi odio, para inmortalizarlo?

»Se me quedó grabada en el alma como en fuego aquella escena de Caín y Luzbel en el abismo del espacio. Vi mi ciencia a través de mi pecado y la miseria de dar vida para propagar la muerte. Y vi que aquel odio inmortal era mi alma. Ese odio pensé que debió de haber precedido a mi nacimiento y que sobreviviría a mi muerte. Y me sobrecogí de espanto al pensar en vivir siempre para aborrecer siempre. Era el Infierno. ¡Y yo que tanto me había reído de la creencia en él! ¡Era el Infierno!

»Cuando leí cómo Adah habló a Caín de su hijo, de Enoc, pensé en el hijo, o en la hija que habría de tener; pensé en ti, hija mía; mi redención y mi consuelo; pensé en que tú vendrías a salvarme un día. Y al leer lo que aquel Caín decía a su hijo dormido e inocente, que no sabía que estaba desnudo, pensé si no había sido en mí un crimen engendrarte, ¡pobre hija mía! ¿Me perdonarás haberte hecho? Y al leer lo que Adah decía a su Caín, recordé mis años de paraíso, cuando aún no iba a cazar premios, cuando no soñaba en superar a todos los demás. No, hija mía, no; no ofrecí mis estudios a Dios con corazón puro; no busqué la verdad y el saber, sino que busqué los premios y la fama y ser más que él.

»Él, Abel, amaba su arte y lo cultivaba con pureza de intención, y no trató nunca de imponérseme. No, no fue él quien me la quitó, ¡no! ¡Y yo llegué a pensar en derribar el altar de Abel, loco de mí! Y es que no había pensado más que en mí.

»El relato de la muerte de Abel, tal y como aquel terrible poeta del demonio nos lo expone, me cegó. Al leerlo sentí que se me iban las cosas y hasta creo que sufrí un mareo. Y desde aquel día, gracias al impío Byron, empecé a creer»[26].

---

[26] Todo este capítulo en que Joaquín rememora el efecto que el *Caín* de Byron produjo en él tiene en parte su paralelo ensayístico en *Del sentimiento trágico de la vida,* capítulo V, en que Unamuno cita esta misma obra de Byron para contraponer el deseo de conocimiento y el de felicidad. En esta ocasión el argumento de Unamuno había sido que «la ciencia podrá satisfacer [...] nuestro anhelo de saber y conocer la verdad, pero [...] no satisface nuestras necesidades afectivas y volitivas» (*OC,* VII, 170-171). También esta idea de que el conocimiento no conduce a la felicidad está en el comentario de Joaquín a la obra de Byron.

XIII

Le dio Antonia a Joaquín una hija. «Una hija —se dijo—. ¡Y él un hijo!» Mas pronto se repuso de esta nueva treta de su demonio. Y empezó a querer a su hija con toda la fuerza de su pasión y por ella a la madre. «Será mi vengadora», se dijo primero, sin saber de qué habría de vengarle, y luego: «Será mi purificadora.»

«Empecé a escribir esto —dejó escrito en su *Confesión*— más tarde para mi hija, para que ella, después de yo muerto, pudiese conocer a su pobre padre y compadecerle y quererle. Mirándola dormir en la cuna, soñando su inocencia, pensaba que para criarla y educarla pura tenía yo que purificarme de mi pasión, limpiarme de la lepra de mi alma. Y decidí hacerle que amase a todos y sobre todo a ellos[27]. Y allí, sobre la inocencia de su sueño, juré libertarme de mi infernal cadena. Tenía que ser yo el mayor heraldo de la gloria de Abel.»

Y sucedió que habiendo Abel Sánchez acabado su cuadro lo llevó a una exposición, donde obtuvo un aplauso general y fue admirado como estupenda obra maestra, y se le dio la medalla de honor.

Joaquín iba a la sala de la exposición a contemplar el cuadro y a mirar en él, como si mirase en un espejo, al Caín de la pintura, y a espiar en los ojos de las gentes si le miraban a él después de haber mirado al otro.

---

[27] Ese «ellos» anónimo se refiere por supuesto a Abel y Helena.

«Torturábame la sospecha —escribió en su *Confesión*— de que Abel hubiese pensado en mí al pintar su Caín, de que hubiese descubierto todas las insondables negruras de la conversación que con él mantuve en su casa cuando me anunció su propósito de pintarlo y cuando me leyó los pasajes del Génesis, y yo me olvidé tanto de él y pensé tanto en mí mismo que puse al desnudo mi alma enferma. ¡Pero no! No había en el Caín de Abel el menor parecido conmigo, no pensó en mí al pintarlo, es decir, no me despreció, no lo pintó desdeñándome, ni Helena debió decirle nada de mí. Les bastaba con saborear el futuro triunfo, el que esperaban. ¡Ni siquiera pensaban en mí!

»Y esta idea de que ni siquiera pensasen en mí, de que no me odiaran, torturábame aún más que lo otro. Ser odiado por él con un odio como el que yo le tenía era algo, y podía haber sido mi salvación.»

Y fue más allá, o entró más adentro de sí Joaquín, y fue que lanzó la idea de dar un banquete a Abel para celebrar su triunfo, y que él, su amigo de siempre, su amigo de antes de conocerse[28], le ofrecería el banquete.

Joaquín gozaba de cierta fama de orador. En la Academia de Medicina y Ciencias era el que dominaba a los demás con su palabra cortante y fría, precisa y sarcástica de ordinario. Sus discursos solían ser chorros de agua fría sobre los entusiasmos de los principiantes, acres lecciones de escepticismo pesimista. Su tesis ordinaria, que nada se sabía de cierto en Medicina, que todo eran hipótesis y un continuo tejer y destejer; que lo más seguro era la desconfianza. Por esto, al saberse que era él, Joaquín, quien ofrecería el banquete, echáronse los más a esperar alborozados un discurso de doble filo, una disección despiadada, bajo apariencias de elogio, de la pintura científica y documentada, o bien un encomio sarcástico de ella. Y un regocijo malévolo corría

---

[28] Esta paradójica expresión es eco de la que aparece en el párrafo que abre el relato: «aprendió cada uno de ellos a conocerse conociendo al otro». Con ella nos da a entender Unamuno que Abel y Joaquín son inseparables; cada uno necesita al otro para comprenderse, existe sólo en relación al otro.

por los corazones de todos los que habían oído alguna vez hablar a Joaquín del arte de Abel. Apercibiéronle a éste del peligro.

—Os equivocáis —les dijo Abel—. Conozco a Joaquín, y no le creo capaz de eso. Sé algo de lo que pasa, pero tiene un profundo sentido artístico y dirá cosas que valga la pena de oírlas. Y ahora quiero hacerle un retrato.

—¿Un retrato?

—Sí, vosotros no le conocéis como yo. Es un alma de fuego, tormentosa.

—Hombre más frío...

—Por fuera. Y en todo caso dicen que el frío quema[29]. Es una figura que ni a posta...

Y este juicio de Abel llegó a oídos del juzgado, de Joaquín, y le sumió más en sus cavilaciones. «¿Qué pensará, en realidad, de mí? —se decía—. ¿Será cierto que me tiene así, por un alma de fuego, tormentosa? ¿Será cierto que me reconoce víctima del capricho de la suerte?»

Llegó en esto a algo de que tuvo que avergonzarse hondamente, y fue que, recibida en su casa una criada que había servido en la de Abel, la requirió de ambiguas familiaridades, mas sin comprometerse, no más que para inquirir de ella lo que en la otra casa hubiera oído decir de él.

—Pero, vamos, dime, ¿es que no les oíste nunca nada de mí?

—Nada, señorito, nada.

—¿Pero no hablaban alguna vez de mí?

—Como hablar, sí, creo que sí, pero no decían nada.

—¿Nada, nunca nada?

—Yo no les oía hablar. En la mesa, mientras yo les servía, hablaban poco y cosas de esas que se hablan en la mesa. De los cuadros de él...

—Lo comprendo. ¿Pero nada, nunca nada de mí?

—No me acuerdo.

Y al separarse de la criada sintió Joaquín entrañada aver-

---

[29] «El frío quema»: nótese que Abel expresa esencialmente lo mismo que Joaquín con su frase «llamas de hielo». Se trata de una inversión especular, hielo que quema-fuego que congela.

sión a sí mismo. «Me estoy idiotizando —se dijo—. ¡Qué pensará de mí esta muchacha!» Y tanto lo acongojó esto que hizo que con un pretexto cualquiera se le despachase a aquella criada. «¿Y si ahora va —se dijo luego—, y vuelve a servir a Abel y le cuenta esto?» Por lo que estuvo a punto de pedir a su mujer que volviera a llamarla. Mas no se atrevió. E iba siempre temblando de encontrarla por la calle.

XIV

Llegó el día del banquete. Joaquín no durmió la noche de la víspera.

—Voy a la batalla, Antonia —le dijo a su mujer al salir de casa.

—Que Dios te ilumine y te guíe, Joaquín

—Quiero ver a la niña, a la pobre Joaquinita...

—Sí, ven, mírala..., está dormida...

—¡Pobrecilla! ¡No sabe lo que es el demonio! Pero yo te juro, Antonia, que sabré arrancármelo. Me lo arrancaré, lo estrangularé y lo echaré a los pies de Abel. Le daría un beso si no fuese que temo despertarla...

—¡No, no! ¡Bésala!

Inclinóse el padre y besó a la niña dormida, que sonrió al sentirse besada en sueños.

—¿Ves, Joaquín?, también ella te bendice.

—¡Adiós, mujer! —y le dio un beso largo, muy largo.

Ella se fue a rezar ante la imagen de la Virgen.

Corría una maliciosa expectación por debajo de las conversaciones mantenidas durante el banquete. Joaquín, sentado a la derecha de Abel, e intensamente pálido, apenas comía ni hablaba. Abel mismo empezó a temer algo.

A los postres se oyeron siseos, empezó a cuajar el silencio, y alguien dijo: «¡Que hable!» Levantóse Joaquín. Su voz empezó temblona y sorda, pero de pronto se aclaró y vibraba con un acento nuevo. No se oía más que su voz, que llenaba el silencio. El asombro era general. Jamás se había pronunciado un elogio más férvido, más encendido, más lleno de admiración y cariño a la obra y a su autor. Sintieron muchos asomárseles las lágrimas cuando Joaquín evocó aquellos días de su común infancia con Abel, cuando ni uno ni otro soñaban lo que habrían de ser.

«Nadie le ha conocido más adentro que yo —decía—: creo conocerle mejor que me conozco a mí mismo, más puramente, porque de nosotros mismos no vemos en nuestras entrañas sino el fango de que hemos sido hechos. Es en otros donde vemos lo mejor de nosotros y lo amamos, y eso es la admiración. Él ha hecho en su arte lo que yo habría querido hacer en el mío, y por eso es uno de mis modelos; su gloria es un acicate para mi trabajo y es un consuelo de la gloria que no he podido adquirir. Él es nuestro, de todos; él es mío sobre todo, y yo, gozando de su obra, la hago tan mía como él la hizo suya creándola. Y me consuelo de verme sujeto a mi medianía...»

Su voz lloraba a las veces. El público estaba subyugado, vislumbrando oscuramente la lucha gigantesca de aquella alma con su demonio.

«Y ved la figura de Caín —decía Joaquín dejando gotear las ardientes palabras—, del trágico Caín, del labrador errante, del primero que fundó ciudades, del padre de la industria, de la envidia y de la vida civil, ¡vedla! Ved con qué cariño, con qué compasión, con qué amor al desgraciado está pintada. ¡Pobre Caín! Nuestro Abel Sánchez admira a Caín como Milton admiraba a Satán[30], está enamorado de su Caín como Milton lo estuvo de su Satán, porque admirar es amar y amar es compadecer. Nuestro Abel ha sentido toda la miseria, toda la desgracia inmerecida del que mató al primer Abel, del que trajo, según la leyenda bíblica, la muerte al mundo. Nuestro Abel nos hace comprender la

---

[30] Milton: poeta inglés (1608-1674), cuya más famosa obra, *El Paraíso perdido,* versa sobre la rebelión de Satanás, la creación del mundo y la caída del hombre. Sobre la identificación de Joaquín con el Satanás de Milton puede leerse el artículo de Dorothy H. Lee incluido en la bibliografía. Para un estudio más detallado de la influencia de la obra de Milton en la de Unamuno, véase la monografía de Thomas R. Franz, *Parallel but Unequal,* citada igualmente en la bibliografía.

culpa de Caín, porque hubo culpa, y compadecerle y amarle... ¡Este cuadro es un acto de amor!»

Cuando acabó Joaquín de hablar medió un silencio espeso, hasta que estalló una salva de aplausos. Levantóse entonces Abel y, pálido, convulso, tartamudeante, con lágrimas en los ojos, le dijo a su amigo:

—Joaquín, lo que acabas de decir vale más, mucho más que mi cuadro, más que todos los cuadros que he pintado, más que todos los que pintaré... Eso, eso es una obra de arte y de corazón. Yo no sabía lo que he hecho hasta que te he oído. ¡Tú y no yo has hecho mi cuadro, tú!

Y abrazáronse llorando los dos amigos de siempre entre los clamorosos aplausos y vivas de la concurrencia puesta en pie. Y al abrazarse le dijo a Joaquín su demonio: «¡Si pudieras ahora ahogarle en tus brazos...!»

—¡Estupendo! —decían—. ¡Qué orador! ¡Qué discurso! ¿Quién podía haber esperado esto? ¡Lástima que no haya traído taquígrafos!

—Esto es prodigioso —decía uno—. No espero volver a oír cosa igual.

—A mí —añadía otro— me corrían escalofríos al oírlo.

—¡Pero mírale, mírale qué pálido está!

Y así era. Joaquín, sintiéndose, después de su victoria, vencido, sentía hundirse en una sima de tristeza. No, su demonio no estaba muerto. Aquel discurso fue un éxito como no lo había tenido, como no volvería a tenerlo, y le hizo concebir la idea de dedicarse a la oratoria para adquirir en ella gloria con que oscurecer la de su amigo en la pintura.

—¿Has visto cómo lloraba Abel? —decía uno al salir.

—Es que este discurso de Joaquín vale por todos los cuadros del otro. El discurso ha hecho el cuadro. Habrá que llamarle el cuadro del discurso. Quita el discurso, y ¿qué queda del cuadro? ¡Nada!, a pesar del primer premio.

Cuando Joaquín llegó a su casa, Antonia salió a abrirle la puerta y abrazarle.

—Ya lo sé, ya me lo han dicho. ¡Así, así! Vales más que él, mucho más que él; que sepa que si su cuadro vale será por tu discurso.

—Es verdad, Antonia, es verdad, pero...

133

—¿Pero qué? Todavía...

—Todavía, sí. No quiero decirte las cosas que el demonio, mi demonio, me decía mientras nos abrazábamos...

—¡No, no me las digas, cállate!

Y ella le tapó la boca con un beso largo, cálido, húmedo, mientras se le nublaban de lágrimas los ojos.

—A ver si así me sacas el demonio, Antonia; a ver si me lo sorbes.

—Sí, para quedarme con él, ¿no es eso? —y procuraba reírse, la pobre.

—Sí, sórbemelo, que a ti no puede hacerte daño, que en ti se morirá, se ahogará en tu sangre como en agua bendita...

Y cuando Abel se encontró en su casa, a solas con su Helena, ésta le dijo:

—Ya han venido a contarme lo del discurso de Joaquín. ¡Ha tenido que tragar tu triunfo..., ha tenido que tragarte!

—No hables así, mujer, que no le has oído.

—Como si le hubiese oído.

—Le salía del corazón. Me ha conmovido. Te digo que ni yo sé lo que he pintado hasta que no le he oído a él explicárnoslo.

—No te fíes de él..., no te fíes de él...; cuando tanto te ha elogiado, por algo será...

—¿Y no puede haber dicho lo que sentía?

—Tú sabes que está muerto de envidia de ti...

—¡Cállate!

—Muerto, sí, muertecito de envidia de ti...

—¡Cállate, cállate, mujer; cállate!

—No, no son celos porque él ya no me quiere, si es que me quiso...; es envidia..., envidia...

—¡Cállate! ¡Cállate! —rugió Abel.

—Bueno, me callo, pero tú verás...

—Ya he visto y he oído, y me basta... ¡Cállate, digo!

XV

¡Pero no, no! Aquel acto heroico no le curó al pobre Joaquín.

«Empecé a sentir remordimiento —escribió en su *Confesión*— de haber dicho lo que dije, de no haber dejado estallar mi mala pasión para así librarme de ella, de no haber acabado con él artísticamente, denunciando los engaños y falsos efectismos de su arte, sus imitaciones, su técnica fría y calculada, su falta de emoción; de no haber matado su gloria. Y así me habría librado de lo otro diciendo la verdad[31], reduciendo su prestigio a su verdadera tasa. Acaso Caín, el bíblico, el que mató al otro Abel, empezó a querer a éste luego que lo vio muerto. Y entonces fue cuando empecé a creer: de los efectos de aquel discurso provino mi conversión.»

Lo que Joaquín llamaba así en su *Confesión* fue que Antonia, su mujer, que le vio no curado, que le temió acaso incurable, fue induciéndole a que buscase armas en la religión de sus padres, en la de ella, en la que había de ser de su hija, en la oración.

—Tú lo que debes hacer es ir a confesarte...

—Pero, mujer, si hace años que no voy a la iglesia...

—Por lo mismo.

—Pero si no creo en esas cosas...

---

[31] Joaquín se contradice, ya que antes se ha referido al gran poder evocativo de los cuadros de Abel y los ha calificado de retratos magníficos. «La verdad» cambia según la perspectiva de Joaquín.

—Eso creerás tú, pero a mí me ha explicado el padre cómo vosotros, los hombres de ciencia, creéis no creer, pero creéis. Yo sé que las cosas que te enseñó tu madre, las que yo enseñaré a nuestra hija...

—¡Bueno, bueno, déjame!

—No, no te dejaré. Vete a confesarte, te lo ruego.

—¿Y qué dirán los que conocen mis ideas?

—¿Ah, es eso? ¿Son respetos humanos?

Mas la cosa empezó a hacer mella en el corazón de Joaquín, y se preguntó si realmente no creía, y aun sin creer quiso probar si la Iglesia podría curarle. Y empezó a frecuentar el templo, algo demasiado a las claras, como en son de desafío a los que conocían sus ideas irreligiosas, y acabó yendo a un confesor. Y una vez en el confesonario se le desató el alma.

—Le odio, padre, le odio con toda mi alma, y a no creer como creo, a no querer creer como quiero creer, le mataría...

—Pero eso, hijo mío, eso no es odio; eso es más bien envidia.

—Todo odio es envidia, padre; todo odio es envidia.

—Pero debe cambiarlo en noble emulación, en deseo de hacer en su profesión, y sirviendo a Dios, lo mejor que pueda...

—No puedo, no puedo, no puedo trabajar. Su gloria no me deja.

—Hay que hacer un esfuerzo..., para eso el hombre es libre...

—No creo en el libre albedrío, padre. Soy médico.

—Pero...

—¿Qué hice yo para que Dios me hiciese así, rencoroso, envidioso, malo? ¿Qué mala sangre me legó mi padre?

—Hijo mío..., hijo mío...

—No, no creo en la libertad humana, y el que no cree en la libertad no es libre. ¡No, no lo soy! ¡Ser libre es creer serlo!

—Es usted malo porque desconfía de Dios.

—¿El desconfiar de Dios es maldad, padre?[32].

---

[32] De acuerdo con su tesis de predestinación, Joaquín tuerce el sentido de las palabras del confesor para poder achacar su mala naturaleza a su creador supremo.

—No quiero decir eso, sino que la mala pasión de usted proviene de que desconfía de Dios...

—¿El desconfiar de Dios es maldad? Vuelvo a preguntárselo.

—Sí, es maldad.

—Luego desconfío de Dios porque me hizo malo. Como a Caín le hizo malo. Dios me hizo desconfiado.

—Le hizo libre.

—Sí, libre de ser malo.

—¡Y de ser bueno!

—¿Por qué nací, padre?

—Pregunte más bien para qué nació...[33].

---

[33] La primera pregunta, ¿por qué?, es la pregunta de la ciencia, que en este caso no tiene contestación; en cambio la segunda pregunta, ¿para qué?, es la del pragmatismo vital, que sí admite respuesta al proponer que cada individuo posee la capacidad de buscarle un sentido, es decir, una finalidad, a la vida.

XVI

Abel había pintado una Virgen con el niño en brazos, que no era sino un retrato de Helena, su mujer, con el hijo, Abelito. El cuadro tuvo éxito, fue reproducido, y ante una espléndida fotografía de él rezaba Joaquín a la Virgen Santísima, diciéndole: «¡Protégeme! ¡Sálvame!»[34].

Pero mientras así rezaba, susurrándose en voz baja y como para oírse, quería acallar otra voz más honda, que brotándole de las entrañas le decía: «¡Así se muera! ¡Así te la deje libre!»

—¿Conque te has hecho ahora reaccionario? —le dijo un día Abel a Joaquín.

—¿Yo?

—Sí, me han dicho que te has dado a la Iglesia y que oyes misa diaria, y como nunca has creído ni en Dios ni en el diablo, y no es cosa de convertirse así, sin más ni menos, ¡pues te has hecho reaccionario!

—¿Y a ti qué?

—No, si no te pido cuentas; pero... ¿crees de veras?

—Necesito creer.

—Eso es otra cosa. ¿Pero crees?

—Ya te he dicho que necesito creer, y no me preguntes más.

—Pues a mí con el arte me basta; el arte es mi religión.

—Pues has pintado vírgenes...

---

[34] Las consecuencias de esta oración de Joaquín ante el objeto de su deseo se verán en el próximo capítulo.

—Sí, a Helena.

—Que no lo es, precisamente.

—Para mí como si lo fuese. Es la madre de mi hijo...

—¿Nada más?

—Y toda madre es virgen en cuanto es madre[35].

—¡Ya estás haciendo teología!

—No sé, pero aborrezco el reaccionarismo y la gazmoñería. Todo eso me parece que no nace sino de la envidia, y me extraña en ti, que te creo muy capaz de distinguirte del vulgo de los mediocres, me extraña que te pongas ese uniforme.

—¡A ver, a ver, Abel, explícate!

—Es muy claro. Los espíritus vulgares, ramplones, no consiguen distinguirse, y como no pueden sufrir que otros se distingan les quieren imponer el uniforme del dogma, que es un traje de munición, para que no se distingan. El origen de toda ortodoxia, lo mismo en religión que en arte, es la envidia, no te quepa duda. Si a todos se nos deja vestirnos como se nos antoje, a uno se le ocurre un atavío que llame la atención y ponga de realce su natural elegancia, y si es hombre hace que las mujeres le admiren y se enamoren de él, mientras otro, naturalmente ramplón y vulgar, no logra sino ponerse en ridículo buscando vestirse a su modo, y por eso los vulgares, los ramplones, que son los envidiosos, han ideado una especie de uniforme, un modo de vestirse como muñecos, que pueda ser moda, porque la moda es otra ortodoxia. Desengáñate, Joaquín: eso que llaman ideas peligrosas, atrevidas, impías, no son sino las que no se les ocurren a los pobres de ingenio rutinario, a los que no tienen ni pizca de sentido propio ni originalidad y sí sólo sentido común y vulgaridad. Lo que más odian es la imaginación porque no la tienen.

—Y aunque así sea —exclamó Joaquín—, es que esos que llaman los vulgares, los ramplones, los mediocres, ¿no tienen derecho a defenderse?

—Otra vez defendiste en mi casa, ¿te acuerdas?, a Caín,

---

[35] Es curioso que esta idea, de clarísima resonancia cristiana, la ponga Unamuno en boca del agnóstico Abel.

al envidioso, y luego, en aquel inolvidable discurso que me moriré repitiéndotelo, en aquel discurso, al que debo lo más de mi reputación, nos enseñaste, me enseñaste a mí al menos, el alma de Caín. Pero Caín no era ningún vulgar, ningún ramplón, ningún mediocre...

—Pero fue el padre de los envidiosos.

—Sí, pero de otra envidia, no de la de esa gente... La envidia de Caín era algo grande[36]; la del fanático inquisidor es lo más pequeño que hay. Y me choca verte entre ellos.

«Pero este hombre —se decía Joaquín al separarse de Abel— ¿es que lee en mí? Aunque no parece darse cuenta de lo que me pasa. Habla y piensa como pinta, sin saber lo que dice y lo que pinta. Es un inconsciente, aunque yo me empeñe en ver en él un técnico reflexivo...»

---

[36] Estas palabras de Abel insinúan lo que Unamuno había dicho de forma explícita en *Del sentimiento trágico de la vida*, a saber, que el crimen de Caín se debió a su hambre de Dios, de inmortalidad. El prólogo de 1928 recoge la idea al calificar esta envidia de «angélica».

XVII

Enteróse Joaquín de que Abel andaba enredado con una antigua modelo, y esto le corroboró en su aprensión de que no se había casado con Helena por amor. «Se casaron —decíase— por humillarme.» Y luego se añadía: «Ni ella, ni Helena le quiere, ni puede quererle...; ella no quiere a nadie, es incapaz de cariño; no es más que un hermoso estuche de vanidad... Por vanidad y por desdén a mí se casó, y por vanidad o por capricho es capaz de faltar a su marido... Y hasta con el mismo a quien no quiso para marido...» Surgíale a la vez de entre pavesas una brasa que creía apagada al hielo de su odio, y era su antiguo amor a Helena. Seguía, sí, a pesar de todo, enamorado de la pava real, de la coqueta, de la modelo de su marido. Antonia le era muy superior, sin duda, pero la otra era la otra. Y luego, la venganza..., ¡es tan dulce la venganza! ¡Tan tibia para un corazón helado!

A los pocos días fue a casa de Abel, acechando la hora en que éste se hallara fuera de ella. Encontró a Helena sola con el niño, a aquella Helena a cuya imagen divinizada había en vano pedido protección y salvación[37].

—Ya me ha dicho Abel —le dijo su prima— que ahora te ha dado por la Iglesia. ¿Es que Antonia te ha llevado a ella, o es que vas huyendo de Antonia?

—¿Pues?

—Porque los hombres soléis haceros beatos o a rastras de la mujer o escapando de ella...

—Hay quien escapa de la mujer, y no para ir a la iglesia precisamente.

---

[37] Nótese cómo Unamuno recalca el paralelo religioso, aunque es de suponer que la intención es reflejar la actitud o modo de pensar de Joaquín.

—Sí, ¿eh?

—Sí, pero tu marido, que te ha venido con el cuento ése, no sabe algo más, y es que no sólo rezo en la iglesia...

—¡Es claro! Todo hombre devoto debe hacer sus oraciones en casa.

—Y las hago. Y la principal es pedir a la Virgen que me proteja y me salve.

—Me parece muy bien.

—¿Y sabes ante qué imagen pido eso?

—Si tú no me lo dices...

—Ante la que pintó tu marido...

Helena volvió la cara de pronto, enrojecida, al niño que dormía en un rincón del gabinete. La brusca violencia del ataque la desconcertó. Mas, reponiéndose, dijo:

—Eso me parece una impiedad de tu parte y prueba, Joaquín, que tu nueva devoción no es más que una farsa y algo peor...

—Te juro, Helena...

—El segundo, no jurar su santo nombre en vano.

—Pues te juro, Helena, que mi conversión fue verdadera, es decir, que he querido creer, que he querido defenderme con la fe de una pasión que me devora...

—Sí, conozco tu pasión.

—¡No, no la conoces!

—La conozco. No puedes sufrir a Abel.

—Pero ¿por qué no puedo sufrirle?

—Eso tú lo sabrás. No has podido sufrirle nunca, ni aun antes de que me lo presentases.

—¡Falso! ¡Falso!

—¡Verdad! ¡Verdad!

—¿Y por qué no he de poder sufrirle?

—Pues porque adquiere fama, porque tiene renombre... ¿No tienes tú clientela? ¿No ganas con ella?

—Pues mira, Helena, voy a decirte la verdad, toda la verdad. ¡No me basta con eso! Yo querría haberme hecho famoso, haber hallado algo nuevo en mi ciencia, haber unido mi nombre a algún descubrimiento científico...

—Pues ponte a ello, que talento no te falta.

—¡Ponerme a ello..., ponerme a ello! Habríame puesto a

ello, sí, Helena, si hubiese podido haber puesto esa gloria a tus pies...

—¿Y por qué no a los de Antonia?

—¡No hablemos de ella!

—¡Ah, pero has venido a esto! ¿Has espiado el que mi Abel —y recalcó el *mi*— estuviese fuera para venir a esto?

—Tu Abel..., tu Abel...; ¡valiente caso hace de ti tu Abel!

—¿Qué? ¿También delator, acusique, soplón?

—Tu Abel tiene otras modelos que tú.

—¿Y qué? —exclamó Helena, irguiéndose—. ¿Y qué, si las tiene? ¡Señal de que sabe ganarlas! ¿O es que también de eso le tienes envidia? ¿Es que no tienes más remedio que contentarte con... tu Antonia? ¡Ah!, ¿y porque él ha sabido buscarse otras vienes tú aquí hoy a buscarte otra también? ¿Y vienes así, con chismes de éstos? ¿No te da vergüenza, Joaquín? Quítate, quítate de ahí, que me da bascas sólo el verte.

—¡Por Dios, Helena, que me estás matando.... que me estás matando!

—Anda, vete, vete a la iglesia, hipócrita, envidioso; vete a que tu mujer te cure, que estás muy malo.

—¡Helena, Helena, que tú sola puedes curarme! ¡Por cuanto más quieras, Helena, mira que pierdes para siempre a un hombre!

—¡Ah!, ¿y quieres que por salvarte a ti pierda a otro, al mío?

—A ése no le pierdes; le tienes ya perdido. Nada le importa de ti. Es incapaz de quererte. Yo, yo soy el que te quiero, con toda mi alma, con un cariño como no puedes soñar.

Helena se levantó, fue al niño, y despertándolo, cogiólo en brazos, y volviendo a Joaquín le dijo:

—¡Vete! Es éste, el hijo de Abel, quien te echa de su casa; ¡vete![38].

---

[38] Este capítulo contiene una profunda ambigüedad que admite una lectura alegórica. Si por un lado tenemos la impureza de la oración de Joaquín, por otro tenemos el rechazo del pecador por parte de la Virgen y el Cristo niño. Que Unamuno quiere plantar esta idea en la mente del lector lo sugiere el acto de Helena en despertar al niño y cogerlo en brazos para despedir a Joaquín. Como ya queda dicho, hay que suponer que esto refleja la idea de predestinación de Joaquín y no una intención paródica por parte del autor.

XVIII

Joaquín empeoró. La ira al conocer que se había desnudado el alma ante Helena, y el despecho por la manera como ésta le rechazó, en que vio claro que le despreciaba, acabó de enconarle el ánimo. Mas se dominó buscando en su mujer y en su hija consuelo y remedio. Ensombreciósele aún más su vida de hogar; se le agrió el humor.

Tenía entonces en casa una criada muy devota, que procuraba oír misa diaria y se pasaba las horas que el servicio le dejaba libre encerrada en su cuarto haciendo sus devociones. Andaba con los ojos bajos, fijos en el suelo, y respondía a todo con la mayor mansedumbre y en voz algo gangosa. Joaquín no podía resistirla y la regañaba con cualquier pretexto. «Tiene razón el señor», solía decirle ella.

—¿Cómo que tengo razón? —exclamó una vez, ya perdida la paciencia, él, el amo—. ¡No, ahora no tengo razón!

—Bueno, señor, no se enfade, no la tendrá.

—¿Y nada más?

—No le entiendo, señor.

—¿Cómo que no me entiendes, gazmoña, hipócrita? ¿Por qué no te defiendes? ¿Por qué no me replicas? ¿Por qué no te rebelas?

—¿Rebelarme yo? Dios y la Santísima Virgen me defiendan de ello, señor.

—Pero ¿quieres más —intervino Antonia— sino que reconozca sus faltas?

—No, no las reconoce. ¡Está llena de soberbia!

—¿De soberbia yo, señor?

—¿Lo ves? Es la hipócrita soberbia de no reconocerla. Es que está haciendo conmigo, a mi costa, ejercicios de humildad y de paciencia; es que toma mis accesos de mal humor como cilicios para ejercitarse en la virtud de la paciencia. ¡Y a mi costa, no! ¡No, no y no! ¡A mi costa, no! ¡A mí no me toma de instrumento para hacer méritos para el cielo! ¡Eso es hipocresía!

La criadita lloraba, rezando entre dientes.

—Pero y si es verdad, Joaquín —dijo Antonia—, que realmente es humilde... ¿por qué va a rebelarse? Si se hubiese rebelado te habrías irritado aún más.

—¡No! Es una canallada tomar las flaquezas del prójimo como medio para ejercitarnos en la virtud. Que me replique, que se insolente, que sea persona... y no criada...

—Entonces, Joaquín, te irritarías más.

—No, lo que más me irrita son esas pretensiones a mayor perfección.

—Se equivoca usted, señor —dijo la criada sin levantar los ojos del suelo—; yo no me creo mejor que nadie.

—No, ¿eh? ¡Pues yo sí! Y el que no se crea mejor que otro es un mentecato. Tú te creerás la más pecadora de las mujeres, ¿es eso? ¡Anda, responde!

—Esas cosas no se preguntan, señor.

—Anda, responde, que también San Luis Gonzaga dicen que se creía el más pecador de los hombres; responde: ¿te crees, si o no, la más pecadora de las mujeres?

—Los pecados de las otras no van a mi cuenta, señor.

—Idiota, más que idiota. ¡Vete de ahí!

—Dios le perdone como yo le perdono, señor.

—¿De qué? Ven y dímelo, ¿de qué? ¿De qué me tiene que perdonar Dios? Anda, dilo.

—Bueno, señora, lo siento por usted, pero me voy de esta casa.

—Por ahí debiste empezar —concluyó Joaquín.

Y luego, a solas con su mujer, le decía:

—¿Y no irá diciendo esta gatita muerta que estoy loco? ¿No lo estoy, acaso, Antonia? Dime: ¿estoy loco, sí o no?

—Por Dios, Joaquín, no te pongas así...

—Sí, sí, creo estar loco... Enciérrame. Esto va a acabar conmigo.

—Acaba tú con ello[39].

---

[39] Esta anécdota es una nueva versión del breve cuento *El lego Juan* que Unamuno había publicado casi veinte años antes. Véase *OC,* II, 784-786.

XIX

Concentró entonces todo su ahínco en su hija, en criarla y educarla, en mantenerla libre de las inmundicias morales del mundo.

—Mira —solía decirle a su mujer—, es una suerte que sea sola, que no hayamos tenido más.

—¿No te habría gustado un hijo?

—No, no; es mejor hija, es más fácil aislarla del mundo indecente. Además, si hubiésemos tenido dos habrían nacido envidias entre ellos...

—¡Oh, no!

—¡Oh, sí! No se puede repartir el cariño igualmente entre varios: lo que se le da al uno se le quita al otro. Cada uno pide todo para él y sólo para él. No, no; no quisiera verme en el caso de Dios...

—¿Y cuál es el caso?

—El de tener tantos hijos. ¿No dicen que somos todos hijos de Dios?

—No digas esas cosas, Joaquín...

—Unos están sanos para que otros estén enfermos... ¡Hay que ver el reparto de las enfermedades!

No quería que su hija tratase con nadie. Le llevó una maestra particular a casa, y él mismo, en ratos de ocio, le enseñaba algo.

La pobre Joaquina adivinó en su padre a un paciente mientras recibía de él una concepción tétrica del mundo y de la vida.

—Te digo —le decía Joaquín a su mujer— que sola, que no tengamos que repartir el cariño...

—Dicen que cuanto más se reparte crece más...

—No creas así. ¿Te acuerdas de aquel pobre Ramírez, el procurador? Su padre tenía dos hijos y dos hijas y pocos recursos. En su casa no se comía sino sota, caballo y rey, cocido, pero no principio; sólo el padre, Ramírez padre, tomaba principio, del cual daba alguna vez a uno de los hijos y a una de las hijas, pero nunca a los otros. Cuando repicaban gordo, en días señalados, había dos principios para todos y otro además para él, el amo de la casa, que en algo había de distinguirse. Hay que conservar la jerarquía. Y a la noche, al recogerse a dormir, Ramírez padre daba siempre un beso a uno de sus hijos y a una de las hijas, pero no a los otros dos.

—¡Qué horror! ¿Y por qué?

—Qué sé yo... Le parecerían más guapos los preferidos...

—Es como lo de Carvajal, que no puede ver a su hija menor.

—Es que le ha llegado la última, seis años después de la anterior y cuando andaba mal de recursos. Es una nueva carga, e inesperada. Por eso le llaman la intrusa.

—¡Qué horrores, Dios mío!

—Así es la vida, Antonia, un semillero de horrores. Y bendigamos a Dios el no tener que repartir nuestro cariño.

—¡Cállate!

—¡Cállome!

Y le hizo callar.

XX

El hijo de Abel estudiaba Medicina, y su padre solía dar a Joaquín noticias de la marcha de sus estudios. Habló Joaquín algunas veces con el muchacho mismo y le cobró algún afecto; tan insignificante le pareció.

—¿Y cómo le dedicas a médico y no a pintor? —le preguntó a su amigo.

—No le dedico yo, se dedica él. No siente vocación alguna por el arte...

—Claro, y para estudiar Medicina no hace falta vocación...

—No he dicho eso. Tú siempre tan mal pensado. Y no sólo no siente vocación por la pintura, pero ni curiosidad. Apenas si se detiene a ver lo que pinto; ni se informa de ello.

—Es mejor así acaso...

—¿Por qué?

—Porque si se hubiera dedicado a la pintura, o lo hacía mejor que tú o peor. Si peor, eso de ser Abel Sánchez, hijo, al que llamarían Abel Sánchez el Malo o Sánchez el Malo o Abel el Malo, no está bien ni él lo sufriría...

—¿Y si fuera mejor que yo?

—Entonces serías tú quien no lo sufriría.

—Piensa el ladrón que todos son de su condición.

—Sí, venme ahora a mí, a mí, con esas pamemas. Un artista no soporta la gloria de otro, y menos si es su propio hijo o su hermano. Antes la de un extraño. Eso de que uno de su sangre le supere..., ¡eso no! ¿Cómo explicarlo? Haces bien en dedicarle a la Medicina.

—Además, así ganará más.

—Pero ¿quieres hacerme creer que no ganas mucho con la pintura?

—¡Bah!, algo.

—Y, además, gloria.

—¿Gloria? Para lo que dura...

—Menos dura el dinero.

—Pero es más sólido.

—No seas farsante, Abel, no finjas despreciar la gloria.

—Te aseguro que lo que hoy me preocupa es dejar una fortuna a mi hijo.

—Le dejarás un nombre.

—Los nombres no se cotizan.

—¡El tuyo sí!

—¡Mi firma, pero es... Sánchez! ¡Y menos mal si no le da por firmar Abel S. Puig! Que le hagan marqués de Casa Sánchez. Y luego el Abel quita la malicia al Sánchez. Abel Sánchez suena bien.

XXI

Huyendo de sí mismo, y para ahogar, con la constante presencia del otro, de Abel, en su espíritu, la triste conciencia enferma que se le presentaba, empezó a frecuentar una peña del Casino[40]. Aquella conversación ligera le serviría como narcótico, o más bien se embriagaría con ella. ¿No hay quien se entrega a la bebida para ahogar en ella una pasión devastadora, para derretir en vino un amor frustrado? Pues él se entregaría a la conversación casinera, a oírla más que a tomar parte muy activa en ella, para ahogar también su pasión. Sólo que el remedio fue peor que la enfermedad.

Iba siempre decidido a contenerse, a reír y bromear, a murmurar como por juego, a presentarse a modo de desinteresado espectador de la vida, bondadoso como un escéptico de profesión, atento a lo de que comprender es perdonar, y sin dejar traslucir el cáncer que le devoraba la voluntad. Pero el mal le salía por la boca, en las palabras, cuando menos lo esperaba, y percibían todos en ellas el hedor del mal. Y volvía a casa irritado contra sí mismo, reprochándose su cobardía y el poco dominio sobre sí y decidido a no volver más a la peña del Casino. «¡No —se decía—, no vuelvo, no debo volver; esto me empeora; me agrava; aquel ámbito es deletéreo; no se respira allí más que malas pasio-

---

[40] Oración de sintaxis enrevesada. Entiéndase que lo que Joaquín quiere ahogar es su triste conciencia enferma causada por la constante presencia de Abel en su mente.

nes retenidas; no, no vuelvo; lo que yo necesito es soledad, soledad! ¡Santa soledad!»

Y volvía.

Volvía por no poder sufrir la soledad. Pues en la soledad jamás lograba estar solo, sino que siempre allí el otro. ¡El otro! Llegó a sorprenderse en diálogo con él, tramando lo que el otro le decía. Y el otro, en estos diálogos solitarios, en estos monólogos dialogados, le decía cosas indiferentes o gratas, no le mostraba ningún rencor. «¿Por qué no me odia, Dios mío! —llegó a decirse—. ¿Por qué no me odia?»

Y se sorprendió un día a sí mismo a punto de pedir a Dios, en infame oración diabólica, que infiltrase en el alma de Abel odio a él, a Joaquín. Y otra vez: «¡Ah, si me envidiase... si me envidiase...!» Y a esta idea, que como fulgor lívido cruzó por las tinieblas de su espíritu de amargura, sintió un gozo como de derretimiento, un gozo que le hizo temblar hasta los tuétanos del alma, escalofriados. ¡Ser envidiado! ¡Ser envidiado!

«Mas ¿no es esto —se dijo luego— que me odio, que me envidio a mí mismo?»[41]. Fuese a la puerta, la cerró con llave, miró a todos lados, y al verse solo arrodillóse murmurando con lágrimas de las que escaldan en la voz: «Señor, Señor. ¡Tú me dijiste: ama a tu prójimo como a ti mismo! Y yo no amo al prójimo, no puedo amarle, porque no me amo, no sé amarme, no puedo amarme a mí mismo. ¿Qué has hecho de mí, Señor?»

Fue luego a coger la Biblia y la abrió por donde dice: «Y Jehová dijo a Caín: ¿dónde está Abel tu hermano?» Cerró lentamente el libro, murmurando: «¿Y dónde estoy yo?»[42]. Oyó entonces ruido fuera y se apresuró a abrir la puerta. «¡Papá, papaíto!», exclamó su hija al entrar. Aquella voz fresca pareció volverle a la luz. Besó a la muchacha, y rozán-

---

[41] El tema de la autoenvidia lo explora Unamuno en su cuento *Artemio, heautontimoroumenos,* publicado sólo unos meses después que *Abel Sánchez.* Véase *OC,* II, 877-879.

[42] Este «¿Y dónde estoy yo?» proviene tal vez del *Caín* de Byron, donde el epónimo personaje se hace la misma pregunta (Acto III, escena I, verso 322).

dole el oído con la boca le dijo bajo, muy bajito, para que no le oyera nadie: «¡Reza por tu padre, hija mía!»

—¡Padre! ¡Padre! —gimió la muchacha, echándole los brazos al cuello.

Ocultó la cabeza en el hombro de la hija y rompió a llorar.

—¿Qué te pasa, papá, estás enfermo?

—Sí, estoy enfermo. Pero no quieras saber más.

XXII

Y volvió al Casino. Era inútil resistirlo. Cada día se inventaba a sí mismo un pretexto para ir allá. Y el molino de la peña seguía moliendo.

Allí estaba Federico Cuadrado, implacable, que en cuanto oía que uno elogiaba a otro preguntaba: «¿Contra quién va ese elogio?»

—Porque a mí —decía con su vocecita fría y cortante— no me la dan con queso; cuando se elogia mucho a uno se tiene presente a otro al que se trata de rebajar con ese elogio, a un rival del elogiado. Eso cuando no se le elogia con mala intención, por ensañarse en él... Nadie elogia con buena intención.

—Hombre —le replicaba León Gómez, que se gozaba en dar cuerda al cínico Cuadrado—, ahí tienes a don Leovigildo, al cual nadie le ha oído todavía hablar de otro...

—Bueno —intercalaba un diputado provincial—, es que don Leovigildo es un político y los políticos deben estar a bien con todo el mundo. ¿Qué dices, Federico?

—Digo que don Leovigildo se morirá sin haber hablado mal ni pensado bien de nadie... El no dará, acaso, ni el más ligero empujoncito para que otro caiga, ni aunque no se lo vean, porque no sólo teme al código penal, sino también al infierno; pero si el otro se cae y se rompe la crisma se alegrará hasta los tuétanos. Y para gozarse en la rotura de la crisma del otro será el primero que irá a condolerse de su desgracia y darle el pésame.

—Yo no sé cómo se puede vivir sintiendo así —dijo Joaquín.

—¿Sintiendo cómo? —le arguyó al punto Federico—. ¿Cómo siente don Leovigildo, cómo siento yo y cómo sientes tú?

—¡De mí nadie ha hablado! —y esto lo dijo con acre displicencia.

—Pero hablo yo, hijo mío, porque aquí todos nos conocemos...

Joaquín se sintió palidecer. Le llegaba como un puñal de hielo hasta las entrañas de la voluntad aquel *¡hijo mío!* que prodigaba Federico, su demonio de la guarda, cuando echaba la garra sobre alguien.

—No sé por qué le tienes esa tirria a don Leovigildo —añadió Joaquín, arrepintiéndose de haberlo dicho apenas lo dijera, pues sintió que estaba atizando la mala lumbre.

—¿Tirria? ¿Tirria yo? ¿Y a don Leovigildo?

—Sí, no sé qué mal te ha hecho...

—En primer lugar, hijo mío, no hace falta que le hayan hecho a uno mal alguno para tenerle tirria. Cuando se le tiene a uno tirria, es fácil inventar ese mal, es decir, figurarse uno que se lo han hecho... Y yo no le tengo a don Leovigildo más tirria que a otro cualquiera. Es un hombre y basta. ¡Y un hombre honrado!

—Como tú eres un misántropo profesional... —empezó el diputado provincial.

—El hombre es el bicho más podrido y más indecente, ya os lo he dicho cien veces. Y el hombre honrado es el peor de los hombres.

—¡Anda, anda! ¿Qué dices a eso tú, que hablabas el otro día del político honrado refiriéndote a don Leovigildo? —le dijo León Gómez al diputado.

—¡Político honrado! —saltó Federico—. ¡Eso sí que no!

—¿Y por qué? —preguntaron tres a coro.

—¿Que por qué? Porque lo ha dicho él mismo. Porque tuvo en un discurso la avilantez[43] de llamarse a sí mismo

---

43 Avilantez: descaro.

honrado. No es honrado declararse tal. Dice el Evangelio que Cristo Nuestro Señor...

—¡No mientes a Cristo, te lo suplico! —le interrumpió Joaquín.

—¿Qué, te duele también Cristo, hijo mío?

Hubo un breve silencio, oscuro y frío.

—Dijo Cristo Nuestro Señor —recalcó Federico— que no le llamaran bueno, que bueno era sólo Dios. Y hay cochinos cristianos que se atreven a llamarse a sí mismos honrados.

—Es que honrado no es precisamente bueno —intercaló don Vicente, el magistrado.

—Ahora lo ha dicho usted, don Vicente. ¡Y gracias a Dios que le oigo a un magistrado alguna sentencia razonable y justa!

—De modo —dijo Joaquín— que uno no debe confesarse honrado. ¿Y pillo?

—No hace falta.

—Lo que quiere el señor Cuadrado —dijo don Vicente, el magistrado— es que los hombres se confiesen bellacos y sigan siéndolo, ¿no es eso?

—¡Bravo! —exclamó el diputado provincial.

—Le diré a usted, hijo mío —contestó Federico pensando la respuesta—. Usted debe saber cuál es la excelencia del sacramento de la confesión en nuestra sapientísima Madre Iglesia...

—Alguna otra barbaridad —interrumpió el magistrado.

—Barbaridad, no, sino muy sabia institución. La confesión sirve para pecar más tranquilamente, pues ya sabe uno que le ha de ser perdonado su pecado. ¿No es así, Joaquín?

—Hombre, si uno no se arrepiente...

—Sí, hijo mío, sí; si uno se arrepiente, pero vuelve a pecar y vuelve a arrepentirse, y sabe cuando peca que se arrepentirá y sabe cuando se arrepiente que volverá a pecar, y acaba por pecar y arrepentirse a la vez, ¿no es así?

—El hombre es un misterio —dijo León Gómez.

—¡Hombre, no digas sandeces! —le replicó Federico.

—¿Sandez, por qué?

—Toda sentencia filosófica, así, todo axioma, toda proposición general y solemne enunciada aforísticamente es una sandez.

—¿Y la filosofía, entonces?

—No hay más filosofía que ésta, la que hacemos aquí...

—Sí, desollar al prójimo.

—Exacto. Nunca está mejor que desollado.

Al levantarse la tertulia, Federico se acercó a Joaquín a preguntarle si se iba a su casa, pues gustaría de acompañarle un rato, y al decirle éste que no, que iba a hacer una visita allí, al lado, aquél le dijo:

—Sí, te comprendo; eso de la visita es un achaque. Lo que tú quieres es verte solo. Lo comprendo.

—¿Y por qué lo comprendes?

—Nunca se está mejor que solo. Pero cuando te pese la soledad acude a mí. Nadie te distraerá mejor de tus penas.

—¿Y las tuyas? —le espetó Joaquín—.

—¡Bah! ¡Quién piensa en eso!

Y se separaron.

XXIII

Andaba por la ciudad un pobre hombre necesitado, aragonés, padre de cinco hijos y que se ganaba la vida como podía, de escribiente y a lo que saliera. El pobre acudía con frecuencia a conocidos y amigos, si es que un hombre así los tiene, pidiéndoles con mil pretextos que le anticiparan dos o tres duros. Y lo que era más triste, mandaba a alguno de sus hijos, y alguna vez a su mujer, a las casas de los conocidos con cartitas de petición. Joaquín le había socorrido algunas veces, sobre todo cuando le llamaba a que viniese, como médico, a personas de su familia. Y hallaba un singular alivio en socorrer a aquel pobre hombre. Adivinaba en él una víctima de la maldad humana.

Preguntóle una vez por él a Abel.

—Sí, le conozco —le dijo éste—, y hasta le tuve algún tiempo empleado. Pero es un haragán, un vago. Con el pretexto de que tiene que ahogar sus penas no deja de ir ningún día al café, aunque en su casa no se encienda la cocina. Y no le faltará su cajetilla de cigarros. Tiene que convertir sus pesares en humo.

—Eso no es decir nada, Abel. Habría que ver el caso por dentro...

—Mira, déjate de garambainas. Y por lo que no paso es por la mentira ésa de pedirme prestado y lo de «se lo devolveré en cuanto pueda...». Que pida limosna y al avío. Es más claro y más noble. La última vez me pidió tres duros adelantados y le di tres pesetas, pero diciéndole: «¡Y sin devolución!» ¡Es un haragán!

—¡Y qué culpa tiene él...!

—Vamos, sí, ya salió aquello, qué culpa tiene...

—¡Pues claro! ¿De quién son las culpas?

—Bueno, mira, dejémonos de esas cosas. Y si quieres socorrerle socórrele, que yo no me opongo. Y yo mismo estoy seguro de que si me vuelve a pedir le daré.

—Eso ya lo sabía yo, porque en el fondo tú...

—No nos metamos al fondo. Soy pintor y no pinto los fondos de las personas. Es más, estoy convencido de que todo hombre lleva fuera todo lo que tiene dentro.

—Vamos, sí, que para ti un hombre no es más que un modelo...

—¿Te parece poco? Y para ti un enfermo. Porque tú eres el que les andas mirando y auscultando a los hombres por dentro...

—Mediano oficio...

—¿Por qué?

—Porque acostumbrado uno a mirar a los demás por dentro, da en ponerse a mirarse a sí mismo, a auscultarse.

—Ve ahí una ventaja[44]. Yo con mirarme al espejo tengo bastante...

—¿Y te has mirado de veras alguna vez?

—¡Naturalmente! ¿Pues no sabes que me he hecho un autorretrato?

—Que será una obra maestra...

—Hombre, no está del todo mal... ¿Y tú, te has registrado por dentro bien?[45].

Al día siguiente de esta conversación Joaquín salió del Casino con Federico para preguntarle si conocía a aquel pobre hombre que andaba así pidiendo de manera vergonzante: «Y dime la verdad, eh, que estamos solos; nada de tus ferocidades.»

---

[44] Primera edición: «Ve ahí mi ventaja», tal vez con mejor lógica.

[45] Esto es lo que hará Joaquín en su *Confesión;* por lo tanto, ésta es el equivalente del autorretrato de Abel. La diferencia está en que mientras uno intenta captar la personalidad desde fuera con el pincel, el otro intenta captarla desde dentro con la pluma. Unamuno nos da a entender que ambas perspectivas son esenciales.

—Pues mira, ése es un pobre diablo que debía estar en la cárcel, donde por lo menos comería mejor que come y viviría más tranquilo.

—¿Pues qué ha hecho?

—No, no ha hecho nada; debió hacer, y por eso digo que debería estar en la cárcel.

—¿Y qué es lo que debió haber hecho?

—Matar a su hermano.

—¡Ya empiezas!

—Te lo explicaré. Ese pobre hombre es, como sabes, aragonés, y allá en su tierra aún subsiste la absoluta libertad de testar. Tuvo la desgracia de nacer el primero a su padre, de ser el mayorazgo, y luego tuvo la desgracia de enamorarse de una muchacha pobre, guapa y honrada, según parecía. El padre se opuso con todas sus fuerzas a esas relaciones, amenazándole con desheredarle si llegaba a casarse con ella. Y él, ciego de amor, comprometió primero gravemente a la muchacha, pensando convencer así al padre, y acabó por casarse con ella y por salir de casa. Y siguió en el pueblo, trabajando como podía en casa de sus suegros, y esperando convencer y ablandar a su padre. Y éste, buen aragonés, tesa que tesa. Y murió desheredándole al pobre diablo y dejando su hacienda al hijo segundo; una hacienda regular. Y muertos poco después los suegros del hoy aquí sablista, acudió éste a su hermano pidiéndole amparo y trabajo, y su hermano se los negó, y por no matarle, que es lo que le pedía el coraje, se ha venido acá a vivir de limosna y del sable. Ésta es la historia; como ves, muy edificante.

—¡Y tan edificante!

—Si le hubiera matado a su hermano, a esa especie de Jacob[46], mal, muy mal, y no habiéndole matado, mal, muy mal también...

—Acaso peor.

—No digas eso, Federico.

—Sí, porque no sólo vive miserable y vergonzosamente, del sable, sino que vive odiando a su hermano.

---

[46] Otra referencia al *Libro de Génesis,* 25: 24-34 y 27: 1-44. Jacob le robó la herencia a su hermano Esaú por medio de un ardid.

—¿Y si le hubiese matado?

—Entonces se le habría curado el odio, y hoy, arrepentido de su crimen, querría su memoria. La acción libra del mal sentimiento, y es el mal sentimiento el que envenena el alma[47]. Creémelo, Joaquín, que lo sé muy bien.

Miróle Joaquín a la mirada fijamente y le espetó un:

—¿Y tú?

—¿Yo? No quieras saber, hijo mío, lo que no te importa. Bástete saber que todo mi cinismo es defensivo. Yo no soy hijo del que todos vosotros tenéis por mi padre; yo soy hijo adulterino y a nadie odio en este mundo más que a mi propio padre, al natural, que ha sido el verdugo del otro, del que por vileza y cobardía me dio su nombre, este indecente nombre que llevo.

—Pero padre no es el que engendra; es el que cría...

—Es que ése, el que creéis que me ha criado, no me ha criado, sino que me destetó con el veneno del odio que guarda al otro, al que me hizo, y le obligó a casarse con mi madre.

---

[47] Precisamente sobre esta teoría, que podríamos llamar de la purgación, escribió Unamuno un cuento que no llegó a publicar, *Odio purificado,* reproducido por Christopher Cobb en el apéndice a su artículo sobre *Abel Sánchez.* Hay un claro paralelismo entre el cuento inédito y la novela.

XXIV

Concluyó la carrera el hijo de Abel, Abelín, y acudió su padre a su amigo por si quería tomarle de ayudante para que a su lado practicase. Lo aceptó Joaquín.

«Le admití —escribía más tarde en su *Confesión* dedicada a su hija— por una extraña mezcla de curiosidad, de aborrecimiento a su padre, de afecto al muchacho, que me parecía entonces una medianía, y por un deseo de libertarme así de mi mala pasión, a la vez que, por más debajo de mi alma, mi demonio me decía que con el fracaso del hijo me vengaría del encumbramiento del padre. Quería por un lado, con el cariño al hijo, redimirme del odio al padre, y por otro lado me regodeaba esperando que si Abel Sánchez triunfó en la pintura, otro Abel Sánchez de su sangre marraría en la Medicina. Nunca pude figurarme entonces cuán hondo cariño cobraría luego al hijo del que me amargaba y entenebrecía la vida del corazón.»

Y así fue que Joaquín y el hijo de Abel sintiéronse atraídos el uno al otro. Era Abelín rápido de comprensión y se interesaba por las enseñanzas de Joaquín, a quien empezó llamando maestro. Este su maestro se propuso hacer de él un buen médico y confiarle el tesoro de su experiencia clínica. «Le guiaré —se decía— a descubrir las cosas que esta maldita inquietud de mi ánimo me ha impedido descubrir a mí.»

—Maestro —le preguntó un día Abelín—, ¿por qué no recoge usted todas esas observaciones dispersas, todas esas notas y apuntes que me ha enseñado y escribe un libro? Sería interesantísimo y de mucha enseñanza. Hay cosas hasta geniales, de una extraordinaria sagacidad científica.

—Pues mira, hijo (que así solía llamarle) —le respondió—, yo no puedo, no puedo... No tengo humor para ello, me faltan ganas, coraje, serenidad, no sé qué...

—Todo sería ponerse a ello...

—Sí, hijo, sí; todo sería ponerse a ello, pero cuantas veces lo he pensado no he llegado a decidirme. ¡Ponerme a escribir un libro..., y en España..., y sobre Medicina! No vale la pena. Caería en el vacío...

—No, el de usted no, maestro, se lo respondo.

—Lo que yo debía haber hecho es lo que tú has de hacer: dejar esta insoportable clientela y dedicarte a la investigación pura, a la verdadera ciencia, a la fisiología, a la histología, a la patología, y no a los enfermos de pago. Tú que tienes alguna fortuna, pues los cuadros de tu padre han debido dártela, dedícate a eso.

—Acaso tenga usted razón, maestro; pero ello no quita para que usted deba publicar sus memorias de clínico.

—Mira, si quieres, hagamos una cosa. Yo te doy mis notas todas, te las amplío de palabra, te digo cuanto me preguntes y publicas tú el libro. ¿Te parece?

—De perlas, maestro. Yo vengo apuntando desde que le ayudo todo lo que le oigo y todo lo que a su lado aprendo.

—¡Muy bien, hijo, muy bien! —y le abrazó conmovido.

Y luego se decía Joaquín: «¡Éste, éste será mi obra! Mío y no de su padre. Acabará venerándome y comprendiendo que yo valgo mucho más que su padre y que hay en mi práctica de la Medicina mucha más arte que en la pintura de su padre. Y al cabo se lo quitaré, sí, ¡se lo quitaré! Él me quitó a Helena, yo les quitaré el hijo. Que será mío, y ¿quién sabe?, acaso concluya renegando de su padre cuando le conozca y sepa lo que me hizo.»

XXV

—Pero dime —le preguntó un día Joaquín a su discípulo—, ¿cómo se te ocurrió estudiar Medicina?

—No lo sé...

—Porque lo natural es que hubieses sentido inclinación a la pintura. Los muchachos se sienten llamados a la profesión de sus padres; es el espíritu de imitación..., el ambiente...

—Nunca me ha interesado la pintura, maestro.

—Lo sé, lo sé por tu padre, hijo.

—Y la de mi padre menos.

—Hombre, hombre, ¿y cómo así?

—No la siento y no sé si la siente él...

—Eso es más grande. A ver, explícate.

—Estamos solos; nadie nos oye; usted, maestro, es como si fuera mi segundo padre..., segundo... Bueno. Además usted es el más antiguo amigo suyo, le he oído decir que de siempre, de toda la vida, de antes de tener uso de razón, que son como hermanos...

—Sí, sí, así es; Abel y yo somos como hermanos... Sigue.

—Pues bien, quiero abrirle hoy mi corazón, maestro.

—Ábremelo. Lo que me digas caerá en él como en el vacío, ¡nadie lo sabrá!

—Pues sí, dudo que mi padre sienta la pintura ni nada. Pinta como una máquina, es un don natural, ¿pero sentir?

—Siempre he creído eso.

—Pues fue usted, maestro, quien, según dicen, hizo la mayor faena de mi padre con aquel famoso discurso de que aún se habla.

164

—¿Y qué iba yo a decir?

—Algo así me pasa. Pero mi padre no siente ni la pintura ni nada. Es de corcho, maestro, de corcho.

—No tanto, hijo.

—Sí, de corcho. No vive más que para su gloria. Todo eso de que la desprecia es farsa, farsa. No busca más que el aplauso. Y es un egoísta, un perfecto egoísta. No quiere a nadie.

—Hombre, a nadie...

—¡A nadie, maestro, a nadie! Ni sé cómo se casó con mi madre. Dudo que fuera por amor.

Joaquín palideció.

—Sé —prosiguió el hijo— que ha tenido enredos y líos con algunas modelos; pero eso no es más que capricho y algo de jactancia. No quiere a nadie.

—Pero me parece que eres tú quien debieras...

—A mí nunca me ha hecho caso. A mí me ha mantenido, ha pagado mi educación y mis estudios, no me ha escatimado ni me escatima su dinero, pero yo apenas si existo para él. Cuando alguna vez le he preguntado algo, de historia, de arte, de técnica, de la pintura o de sus viajes o de otra cosa, me ha dicho: «Déjame, déjame en paz», y una vez llegó a decirme: «¡Apréndelo, como lo he aprendido yo!; ahí tienes los libros.» ¡Qué diferencia con usted, maestro!

—Sería que no lo sabía, hijo. Porque mira, los padres quedan a las veces mal con sus hijos por no confesarse más ignorantes o más torpes que ellos.

—No era eso. Y hay algo peor.

—¿Peor? ¡A ver!

—Peor, sí. Jamás me ha reprendido, haya hecho yo lo que hiciera. No soy, no he sido nunca un calavera, un disoluto, pero todos los jóvenes tenemos nuestras caídas, nuestros tropiezos. Pues bien, jamás los ha inquirido, y si por acaso los sabía nada me ha dicho.

—Eso es respeto a tu personalidad, confianza en ti... Es acaso la manera más generosa y noble de educar a un hijo, es fiarse...

—No, no es nada de eso, maestro. Es sencillamente indiferencia.

—No, no; no exageres, no es eso... ¿Qué te iba a decir que tú no te lo dijeras? Un padre no puede ser un juez...

—Pero sí un compañero, un consejero, un amigo o un maestro como usted.

—Pero hay cosas que el pudor impide se traten entre padres e hijos.

—Es natural que usted, su mayor y más antiguo amigo, su casi hermano, lo defienda, aunque...

—¿Aunque qué?

—¿Puedo decirlo todo?

—¡Sí, dilo todo!

—Pues bien, de usted no le oído nunca hablar sino muy bien, demasiado bien, pero...

—¿Pero qué?

—Que habla demasiado bien de usted.

—¿Qué es eso de demasiado?

—Que antes de conocerle yo a usted, maestro, le creía otro.

—Explícate.

—Para mi padre es usted una especie de personaje trágico, de ánimo torturado de hondas pasiones. «¡Si se pudiera pintar el alma de Joaquín!», suele decir. Habla de un modo como si mediase entre usted y él algún secreto...

—Aprensiones tuyas...

—No, no lo son.

—¿Y tu madre?

—Mi madre...

XXVI

—Mira, Joaquín —le dijo un día Antonia a su marido—, me parece que el mejor día nuestra hija se nos va o nos la llevan...

—¿Joaquina? ¿Y adónde?

—¡Al convento!

—¡Imposible!

—No, sino muy posible. Tú, distraído con tus cosas y ahora con ese hijo de Abel al que pareces haber prohijado... Cualquiera diría que le quieres más que a tu hija...

—Es que trato de salvarle, de redimirle de los suyos...

—No, de lo que tratas es de vengarte. ¡Qué vengativo eres! ¡Ni olvidas ni perdonas! Temo que Dios te va a castigar, va a castigarnos...

—¡Ah!, ¿y es por eso por lo que Joaquina se quiere ir al convento?

—Yo no he dicho eso.

—Pero lo digo yo y es lo mismo. ¿Se va acaso por celos de Abelín? ¿Es que teme que le llegue a querer más que a ella? Pues si es por eso...

—Por eso no.

—¿Entonces?

—¡Qué sé yo! Dice que tiene vocación, que es adonde Dios la llama...

—Dios... Dios... Será su confesor. ¿Quién es?

—El padre Echevarría.

—¿El que me confesaba a mí?

—¡El mismo!

Quedóse Joaquín mustio y cabizbajo, y al día siguiente, llamando a solas a su mujer, le dijo:

—Creo haber penetrado en los motivos que empujan a Joaquina al claustro, o mejor, en los motivos porque le induce el padre Echevarría a que entre en él. Tú recuerdas cómo busqué refugio y socorro en la Iglesia contra esta maldita obsesión que me embarga el ánimo todo, contra este despecho que con los años se hace más viejo, es decir, más duro y más terco, y cómo, después de los mayores esfuerzos, no pude lograrlo. No, no me dio remedio el padre Echevarría, no pudo dármelo. Para este mal no hay más que un remedio, uno solo.

Callóse un momento como esperando una pregunta de su mujer, y como ella callara, prosiguió diciéndole:

—Para ese mal no hay más remedio que la muerte. Quién sabe... Acaso nací con él y con él moriré. Pues bien, ese padrecito que no pudo remediarme ni reducirme empuja ahora, sin duda, a mi hija, a tu hija, a nuestra hija, al convento, para que en él ruegue por mí, para que se sacrifique salvándome...

—Pero si no es sacrificio..., si dice que es su vocación...

—Mentira, Antonia; te digo que eso es mentira. Las más de las que van monjas, o van a trabajar poco, a pasar una vida pobre, pero descansada, a sestear místicamente, o van huyendo de casa, y nuestra hija huye de casa, huye de nosotros.

—Será de ti...

—¡Sí, huye de mí! ¡Me ha adivinado!

—Y ahora que le has cobrado ese apego a ése...

—¿Quieres decirme que huye de él?

—No, sino de tu nuevo capricho...

—¿Capricho?, ¿capricho?, ¿capricho dices? Yo seré todo menos caprichoso, Antonia. Yo tomo todo en serio, todo, ¿lo entiendes?

—Sí, demasiado en serio —agregó la mujer llorando.

—Vamos, no llores así, Antonia, mi santa, mi ángel bueno, y perdóname si he dicho algo...

—No es peor lo que dices, sino lo que callas.

—Pero por Dios, Antonia, por Dios, haz que nuestra hija

no nos deje; que si se va al convento me mata, sí, me mata, porque me mata. Que se quede, que yo haré lo que ella quiera...; que si quiere que le despache a Abelín le despacharé...

—Me acuerdo cuando decías que te alegrabas de que no tuviéramos más que una hija, porque así no teníamos que repartir el cariño...

—¡Pero si no lo reparto!

—Algo peor entonces...

—Sí, Antonia, esa hija quiere sacrificarse por mí, y no sabe que si se va al convento me deja desesperado. ¡Su convento es esta casa!

XXVII

Dos días después encerrábase en el gabinete Joaquín con su mujer y su hija.

—¡Papá, Dios lo quiere! —exclamó resueltamente y mirándole cara a cara su hija Joaquina.

—¡Pues no! No es Dios quien lo quiere, sino el padrecito ése —replicó él—. ¿Qué sabes tú, mocosuela, lo que quiere Dios? ¿Cuándo te has comunicado con Él?

—Comulgo cada semana, papá.

—Y se te antojan revelaciones de Dios los desvanecimientos que te suben del estómago en ayunas.

—Peores son los del corazón en ayunas.

—¡No, no, eso no puede ser; eso no lo quiere Dios, no puede quererlo, te digo que no lo puede querer!

—Yo no sé lo que Dios quiere, y tú, padre, sabes lo que no puede querer, ¿eh? De cosas del cuerpo sabrás mucho, pero de cosas de Dios, del alma...

—Del alma, ¿eh? ¿Conque tú crees que no sé del alma?

—Acaso lo que mejor te sería no saber.

—¿Me acusas?

—No; eres tú, papá, quien se acusa a sí mismo.

—¿Lo ves, Antonia, lo ves, no te lo decía?

—¿Y qué te decía, mamá?

—Nada, hija mía, nada; aprensiones, cavilaciones de tu padre...

—Pues bueno —exclamó Joaquín, como quien se decide—, tú vas al convento para salvarme, ¿no es eso?

—Acaso no andes lejos de la verdad.

—¿Y salvarme de qué?

—No lo sé bien.

—¡Lo sabré yo...! ¿De qué?, ¿de quién?

—¿De quién, padre, de quién? Pues del demonio o de ti mismo.

—¿Y tú qué sabes?

—Por Dios, Joaquín, por Dios —suplicó la madre con lágrimas en la voz, llena de miedo ante la mirada y el tono de su marido.

—Déjanos, mujer, déjanos a ella y a mí. ¡Esto no te toca!

—¿Pues no ha de tocarme? Pero si es mi hija...

—¡La mía! Déjanos; ella es una Monegro, yo soy un Monegro; déjanos. Tú no entiendes, tú no puedes entender estas cosas...

—Padre, si tratas así a mi madre delante de mí, me voy[48]. No llores, mamá.

—¿Pero tú crees, hija mía?...

—Lo que yo creo y sé es que soy tan hija suya como tuya.

—¿Tanto?

—Acaso más.

—No digáis esas cosas, por Dios —exclamó la madre llorando—, si no me voy.

—Sería lo mejor —añadió la hija—. A solas nos veríamos mejor las caras, digo, las almas, nosotros, los Monegros.

La madre besó a la hija y se salió.

—Y bueno —dijo fríamente el padre, así que se vio a solas con su hija—, ¿para salvarme de qué o de quién te vas al convento?

—Pues bien, padre, no sé de quién, no sé de qué, pero hay que salvarte. Yo no sé lo que anda por dentro de esta casa, entre tú y mi madre; no sé lo que anda dentro de ti, pero es algo malo...

—¿Eso te lo ha dicho el padrecito ése?

---

[48] Se corrige el «si trata» de otras ediciones, errata evidente, ya que Joaquina tutea a su padre. Las ediciones de *O.C.* y Alianza omiten por completo esta intervención de Joaquina.

—No, no me lo ha dicho el padrecito; no ha tenido que decírmelo; no me lo ha dicho nadie, sino que lo he respirado desde que nací. ¡Aquí, en esta casa, se vive como en tinieblas espirituales!

—Bah, ésas son cosas que has leído en tus libros...

—Como tú has leído otras en los tuyos. ¿O es que crees que sólo los libros que hablan de lo que hay dentro del cuerpo, esos libros tuyos con esas láminas feas, son los que enseñan la verdad?

—Y bien, esas tinieblas espirituales que dices, ¿qué son?

—Tú lo sabrás mejor que yo, papá; pero no me niegues que aquí pasa algo, que aquí hay como si fuese una niebla oscura, una tristeza que se mete por todas partes, que tú no estás contento nunca, que sufres, que es como si llevases a cuestas una culpa grande...

—¡Sí, el pecado original! —dijo Joaquín con sorna.

—¡Ése, ése! —exclamó la hija—. ¡Ese, del que no te has sanado!

—¡Pues me bautizaron!

—No importa.

—Y como remedio para esto vas a meterte monja. ¿No es eso? Pues lo primero era averiguar qué es ello, a qué se debe todo esto...

—Dios me libre, papá, de tal cosa. Nada de querer juzgaros.

—Pero de condenarme sí, ¿no es eso?

—¿Condenarte?

—Sí, condenarme; eso de irte así es condenarme...

—¿Y si me fuese con un marido? ¿Si te dejara por un hombre?

—Según el hombre.

Hubo un breve silencio.

—Pues sí, hija mía —reanudó Joaquín—, yo no estoy bien, yo sufro, sufro casi toda la vida; hay mucho de verdad en lo que has adivinado; pero con tu resolución de meterte monja me acabas de matar, exacerbas y enconas mis males. Ten compasión de tu padre, de tu pobre padre...

—Es por compasión...

—No, es por egoísmo. Tú huyes; me ves sufrir y huyes.

172

Es el egoísmo, es el despego, es el desamor lo que te lleva al claustro. Figúrate que yo tuviese una enfermedad pegajosa y larga, una lepra; ¿me dejarías yendo al convento a rogar por Dios que me sanara? Vamos, contesta; ¿me dejarías?

—No, no te dejaría, pues soy tu única hija.

—Pues haz cuenta de que soy un leproso. Quédate a curarme. Me pondré bajo tu cuidado, haré lo que me mandes.

Levantóse el padre, y mirando a su hija a través de lágrimas, abrazóla, y teniéndola así, en sus brazos, con voz de susurro le dijo al oído:

—¿Quieres curarme, hija mía?

—Sí, papá.

—Pues cásate con Abelín.

—¿Eh? —exclamó Joaquina separándose de su padre y mirándole cara a cara.

—¿Qué? ¿Qué te sorprende? —balbuceó el padre, sorprendido a la vez.

—¿Casarme? ¿Yo? ¿Con Abelín? ¿Con el hijo de tu enemigo?

—¿Quién te ha dicho eso?

—Tu silencio de años.

—Pues por eso, por ser el hijo del que llamas mi enemigo.

—Yo no sé lo que hay entre vosotros, no quiero saberlo, pero al verte últimamente cómo te aficionabas a su hijo me dio miedo..., temí..., no sé lo que temí. Ese tu cariño a Abelín me parecía monstruoso, algo infernal...

—¡Pues no, hija, no! Buscaba en él redención. Y créeme, si logras traerle a mi casa, si le haces mi hijo, será como si sale al fin el sol en mi alma...

—Pero ¿pretendes tú, tú, mi padre, que yo le solicite, le busque?

—No digas eso.

—¿Pues entonces?

—Y si él...

—¿Ah, pero, lo teníais ya tramado entre los dos, y sin contar conmigo?

—No, no; lo tenía pensado yo, yo, tu padre, tu pobre padre, yo...

—Me das pena, padre.

—También yo me doy pena. Y ahora todo corre de mi cuenta. ¿No pensabas sacrificarte por mí?

—Pues bien, sí, me sacrificaré por ti. ¡Dispón de mí!

Fue el padre a besarla, y ella, desasiéndosele, exclamó:

—¡No, ahora no! Cuando lo merezcas. ¿O es que quieres que también yo te haga callar con besos?

—¿Dónde has aprendido eso, hija?

—Las paredes oyen, papá.

—¡Y acusan!

XXVIII

—¡Quién fuera usted, don Joaquín! —decíale un día a éste aquel pobre desheredado aragonés, el padre de los cinco hijos, luego que le hubo sacado algún dinero.

—¡Querer ser yo! ¡No lo comprendo!

—Pues sí, lo daría todo por poder ser usted, don Joaquín.

—¿Y qué es ese todo que daría usted?

—Todo lo que puedo dar, todo lo que tengo.

—¿Y qué es ello?

—¡La vida!

—¡La vida por ser yo! —y a sí mismo se añadió Joaquín: «¡Pues yo la daría para poder ser otro!»

—Sí, la vida por ser usted.

—He aquí una cosa que no comprendo bien, amigo mío; no comprendo que nadie se disponga a dar la vida por poder ser otro, ni siquiera comprendo que nadie quiera ser otro. Ser otro es dejar de ser uno, de ser el que se es.

—Sin duda.

—Y eso es dejar de existir.

—Sin duda.

—Pero no para ser otro...

—Sin duda. Quiero decir, don Joaquín, que de buena gana dejaría de ser, o dicho más claro, me pegaría un tiro o me echaría al río si supiera que los míos, los que me atan a esta vida perra, los que no me dejan suicidarme, habrían de encontrar un padre en usted. ¿No comprende usted ahora?

—Sí que lo comprendo. De modo que...

—Que maldito el apego que tengo a la vida, y que de

175

buena gana me separaría de mí mismo y mataría para siempre mis recuerdos si no fuese por los míos. Aunque también me retiene otra cosa.

—¿Qué?

—El temor de que mis recuerdos, de que mi historia, me acompañen más allá de la muerte. ¡Quién fuera usted, don Joaquín!

—¿Y si a mí me retuvieran en la vida, amigo mío, motivos como los de usted?

—¡Bah!, usted es rico.

—Rico..., rico...

—Y un rico nunca tiene motivos de queja. A usted no le falta nada. Mujer, hija, una buena clientela, reputación..., ¿qué más quiere usted? A usted no le desheredó su padre; a usted no le echó de su casa su hermano a pedir... ¡A usted no le han obligado a hacerse un mendigo! ¡Quién fuera usted, don Joaquín!

Y al quedarse, luego, éste solo se decía: «¡Quién fuera yo! ¡Ese hombre me envidia, me envidia! Y yo, ¿quién quiero ser?»

XXIX

Pocos días después Abelín y Joaquina estaban en relaciones de noviazgo. Y en su *Confesión*, dedicada a su hija, escribía algo después Joaquín:

«No es posible, hija mía, que te explique cómo llevé a Abel, tu marido de hoy, a que te solicitase por novia pidiéndote relaciones. Tuve que darle a entender que tú estabas enamorada de él o que por lo menos te gustaría que de ti se enamorase, sin descubrir lo más mínimo de aquella nuestra conversación a solas luego que tu madre me hizo saber cómo querías entrar por mi causa en un convento. Veía en ello mi salvación. Sólo uniendo tu suerte a la suerte del hijo único de quien me ha envenenado la fuente de la vida, sólo mezclando así nuestras sangres esperaba poder salvarme.

»Pensaba que acaso un día tus hijos, mis nietos, los hijos de su hijo, sus nietos, al heredar nuestras sangres se encontraran con la guerra dentro, con el odio en sí mismos. Pero ¿no es acaso el odio a sí mismo, a la propia sangre, el único remedio contra el odio a los demás? La Escritura dice que en el seno de Rebeca se peleaban ya Esaú y Jacob[49]. ¡Quién sabe si un día no concebirás tú dos mellizos, el uno con mi sangre y el otro con la suya, y se pelearán y se odiarán ya desde tu seno y antes de salir al aire y a la conciencia! Porque ésta es la tragedia humana, y todo hombre es, como Job, hijo de contradicción[50].

---

[49] Una nueva referencia al *Libro de Génesis*, 25: 21-23.
[50] Otra referencia al Antiguo Testamento, esta vez al *Libro de Job*.

»Y he temblado al pensar que acaso os junté no para unir, sino para separar aún más vuestras sangres, para perpetuar un odio. ¡Perdóname! Deliro.

»Pero no son sólo nuestras sangres, la de él y la mía; es también la de ella, la de Helena. ¡La sangre de Helena! Esto es lo que más me turba; esa sangre que le florece en las mejillas, en la frente, en los labios, que le hace marco a la mirada, esa sangre que me cegó desde su carne.

»Y queda otra, la sangre de Antonia, de la pobre Antonia, de tu santa madre. Esta sangre es agua de bautismo. Esta sangre es la redentora. Sólo la sangre de tu madre, Joaquina, puede salvar a tus hijos, a nuestros nietos. Ésa es la sangre sin mancha que puede redimirlos.

»Y que no vea nunca ella, Antonia, esta *Confesión;* que no la vea. Que se vaya de este mundo, si me sobrevive, sin haber más que vislumbrado nuestro misterio de iniquidad.»

Los novios comprendiéronse muy pronto y se cobraron cariño. En íntimas conversaciones conociéronse sendas víctimas de sus hogares, de dos ámbitos tristes, de frívola impasibilidad el uno, de la helada pasión oculta el otro. Buscaron el apoyo en Antonia, en la madre de ella. Tenían que encender un hogar, un verdadero hogar, un nido de amor sereno que vive en sí mismo, que no espía los otros amores, un castillo de soledad amorosa, y unir en él a las dos desgraciadas familias. Le harían ver a Abel, al pintor, que la vida íntima del hogar es la sustancia imperecedera de que no es sino resplandor, cuando no sombra, el arte; a Helena, que la juventud perpetua está en el alma que sabe hundirse en la corriente viva del linaje, en el alma de la familia; a Joaquín, que nuestro nombre se pierde con nuestra sangre, pero para recobrarse en los nombres y en las sangres de los que las mezclan a los nuestros; a Antonia no tenían que hacerle ver nada, porque era una mujer nacida para vivir y revivir en la dulzura de la costumbre.

Joaquín sentía renacerse. Hablaba con emoción de cariño de su antiguo amigo, de Abel, y llegó a confesar que fue una fortuna que le quitase toda esperanza respecto a Helena.

—Pues bien —le decía una vez a solas a su hija—; ahora

que todo parece tomar otro cauce te lo diré. Yo quería a Helena, o por lo menos creía quererla, y la solicité sin conseguir nada de ella. Porque, eso sí, la verdad, jamás me dio la menor esperanza. Y entonces la presenté a Abel, al que será tu suegro..., tu otro padre, y al punto se entendieron. Lo que tomé yo por menosprecio, una ofensa... ¿Qué derecho tenía yo a ella?

—Es verdad eso, pero así sois los hombres.

—Tienes razón, hija mía, tienes razón. He vivido como loco, rumiando esa que estimaba una ofensa, una traición...

—¿Nada más, papá?

—¿Cómo nada más?

—¿No había nada más que eso, nada más?

—¡Que yo sepa... no!

Y al decirlo, el pobre hombre se cerraba los ojos hacia adentro y no lograba contener al corazón.

—Ahora os casaréis —continuó— y viviréis conmigo; sí, viviréis conmigo y haré de tu marido, de mi nuevo hijo, un gran médico, un artista de la Medicina, todo un artista que pueda igualar siquiera la gloria de su padre.

—Y él escribirá, papá, tu obra, pues así me lo ha dicho.

—Sí, la que yo no he podido escribir...

—Me ha dicho que en tu carrera, en la práctica de la Medicina, tienes cosas geniales y que has hecho descubrimientos...

—Aduladores...

—No, así me ha dicho. Y que como no se te conoce, y al no conocerte no se te estima en todo lo que vales, que quiere escribir ese libro para darte a conocer.

—A buena hora...

—Nunca es tarde si la dicha es buena.

—¡Ay, hija mía, si en vez de haberme somormujado en esto de la clientela, en esta maldita práctica de la profesión, que ni deja respirar libre ni aprender...; si en vez de eso me hubiese dedicado a la ciencia pura, a la investigación! Eso que ha descubierto el doctor Álvarez y García, y por lo que tanto le bombean, lo habría descubierto antes yo, yo, tu padre, y lo habría descubierto porque estuve a punto de ello. Pero esto de ponerse a trabajar para ganarse la vida...

—Sin embargo, no necesitábamos de ello.

—Sí, pero... Y, además, ¡qué sé yo! Mas todo eso ha pasado y ahora comienza vida nueva. Ahora voy a dejar la clientela.

—¿De veras?

—Sí, voy a dejársela al que va a ser tu marido, bajo mi alta inspección, por supuesto. ¡Lo guiaré, y yo a mis cosas! Y viviremos todos juntos, y será otra vida..., otra vida... Empezaré a vivir; seré otro, otro..., otro...

—¡Ay, papá, qué gusto! ¡Cómo me alegra oírte hablar así! ¡Al cabo!

—¿Que te alegra oírme decir que seré otro?

La hija le miró a los ojos al oír el tono de lo que había debajo de su voz.

—¿Te alegra oírme decir que seré otro? —volvió a preguntar el padre.

—¡Sí, papá, me alegra!

—Es decir, ¿que el otro, el que soy, te parece mal?

—¿Y a ti, papá? —le preguntó a su vez, resueltamente, la hija.

—Tápame la boca —gimió él.

Y se la tapó con un beso.

XXX

—Ya te figurarás a lo que vengo —le dijo Abel a Joaquín apenas se encontraron a solas en el despacho de éste.

—Sí, lo sé. Tu hijo me ha anunciado tu visita.

—Mi hijo y pronto tuyo, de los dos. ¡Y no sabes bien cuánto me alegro! Es como debía acabar nuestra amistad. Y mi hijo es ya casi tuyo; te quiere ya como a padre, no sólo como a maestro. Estoy por decir que te quiere más que a mí...

—Hombre..., no..., no..., no digas así.

—¿Y qué? ¿Crees que tengo celos? No, no soy celoso. Y mira, Joaquín, si entre nosotros había algo...

—No sigas por ahí, Abel; te lo ruego, no sigas...

—Es preciso. Ahora que van a unirse nuestras sangres, ahora que mi hijo va a serlo tuyo y mía tu hija, tenemos que hablar de esa vieja cuenta, tenemos que ser absolutamente sinceros.

—¡No, no, de ningún modo, y si hablas de ella me voy!

—¡Bien, sea! Pero no creas que olvido, no lo olvidaré nunca, tu discurso aquel cuando lo del cuadro.

—Tampoco quiero que hables de eso.

—¿Pues de qué?

—¡Nada de lo pasado, nada! Hablemos sólo del porvenir...

—Bueno, si tú y yo, a nuestra edad, no hablamos del pasado, ¿de qué vamos a hablar? ¡Si nosotros no tenemos ya más que pasado!

—¡No digas eso! —casi gritó Joaquín.

—¡Nosotros ya no podemos vivir más que de recuerdos!

—¡Cállate, Abel, cállate!

—Y si te he de decir la verdad, vale más vivir de recuerdos que de esperanzas. Al fin, ellos fueron, y de éstas no se sabe si serán.

—¡No, no; recuerdos, no!

—En todo caso, hablemos de nuestros hijos, que son nuestras esperanzas.

—¡Eso sí! De ellos y no de nosotros; de ellos, de nuestros hijos...

—Él tendrá en ti un maestro y un padre...

—Sí, pienso dejarle mi clientela, es decir, la que quiera tomarlo, que ya la he preparado para eso. Le ayudaré en los casos graves.

—Gracias, gracias.

—Eso, además de la dote que doy a Joaquina. Pero vivirán conmigo.

—Eso me había dicho mi hijo. Yo, sin embargo, creo que deben poner casa; el casado, casa quiere.

—No, no puedo separarme de mi hija.

—Y nosotros de nuestro hijo sí, ¿eh?

—Más separados que estáis de él... Un hombre apenas vive en casa; una mujer apenas sale de ella. Necesito a mi hija.

—Sea. Ya ves si estoy complaciente.

—Y más que esta casa será la vuestra, la tuya, la de Helena...

—Gracias por la hospitalidad. Eso se entiende.

Después de una larga entrevista, en que convinieron todo lo atañedero al establecimiento de sus hijos, al ir a separarse, Abel, mirándole a Joaquín a los ojos con mirada franca, le tendió la mano, y sacando la voz de las entrañas de su común infancia, le dijo: «¡Joaquín!» Asomáronsele a éste las lágrimas a los ojos al coger aquella mano.

—No te había visto llorar desde que fuimos niños, Joaquín.

—No volveremos a serlo, Abel.

—Sí, y es lo peor.

Se separaron.

182

XXXI

Con el casamiento de su hija pareció entrar el sol, un sol de otoño, en el hogar antes frío de Joaquín, y éste empezar a vivir de veras. Fue dejándole al yerno su clientela, aunque acudiendo, como en consulta, a los casos graves y repitiendo que era bajo su dirección como aquél ejercía.

Abelín, con las notas de su suegro, a quien llamaba su padre, tuteándole ya, y con sus ampliaciones y explicaciones verbales, iba componiendo la obra en que se recogía la ciencia médica del doctor Joaquín Monegro, y con un acento de veneración admirativa que el mismo Joaquín no habría podido darle. «Era mejor, sí —pensaba éste—, era mucho mejor que escribiese otro aquella obra, como fue Platón quien expuso la doctrina socrática»[51]. No era él mismo quien podía, con toda libertad de ánimo y sin que ello pareciese, no ya presuntuoso, mas un esfuerzo para violentar el aplauso de la posteridad, que se estimaba no conseguible; no era él quien podía exaltar su saber y su pericia. Reservaba su actividad literaria para otros empeños.

Fue entonces, en efecto, cuando empezó a escribir su *Confesión*, que así la llamaba, dedicada a su hija y para que ésta la abriese luego que él hubiera muerto, y que era el relato de su lucha íntima con la pasión que fue su vida, con aquel demonio con quien peleó casi desde el albor de su mente, dueña de sí hasta entonces, hasta cuando lo escribía.

---

[51] El escritor griego Platón (428-348 antes de J. C.) diseminó la filosofía de su maestro Sócrates (470-399 antes de J.C.) en sus famosos *Diálogos*.

Esta confesión se decía dirigida a su hija, pero tan penetrado estaba él del profundo valor trágico de su vida de pasión y de la pasión de su vida, que acariciaba la esperanza de que un día su hija o sus nietos la dieran al mundo, para que éste se sobrecogiera de admiración y de espanto ante aquel héroe de la angustia tenebrosa que pasó sin que le conocieran en todo su fondo los que con él convivieron. Porque Joaquín se creía un espíritu de excepción, y como tal torturado y más capaz de dolor que los otros, un alma señalada al nacer por Dios con la señal de los grandes predestinados.

«Mi vida, hija mía —escribía en la *Confesión*—, ha sido un arder continuo, pero no la habría cambiado por la de otro. He odiado como nadie, como ningún otro ha sabido odiar, pero es que he sentido más que los otros la suprema injusticia de los cariños del mundo y de los favores de la fortuna. No, no, aquello que hicieron conmigo los padres de tu marido no fue humano ni noble; fue infame; pero fue peor, mucho peor, lo que me hicieron todos, todos los que encontré desde que, niño aún y lleno de confianza, busqué el apoyo y el amor de mis semejantes. ¿Por qué me rechazaban? ¿Por qué me acogían fríamente y como obligados a ello? ¿Por qué preferían al ligero, al inconstante, al egoísta? Todos, todos me amargaron la vida. Y comprendí que el mundo es naturalmente injusto y que yo no había nacido entre los míos. Ésta fue mi desgracia, no haber nacido entre los míos. La baja mezquindad, la vil ramplonería de los que me rodeaban me perdió»[52].

Y a la vez que escribía esta *Confesión* preparaba, por si ésta marrase, otra obra que sería la puerta de entrada de su nombre en el panteón de los ingenios inmortales de su pueblo y casta. Titularíase *Memorias de un médico viejo*, y sería la mies del saber del mundo, mies de pasiones, de vida, de tristeza y alegrías, hasta de crímenes ocultos, que había cosechado de la práctica de su profesión de médico. Un espejo de la vida, pero de las entrañas, y de las más negras, de ésta; una bajada a las simas de la vileza humana; un libro de alta lite-

---

[52] Joaquín repite la idea originalmente enunciada por Abel (cap. XVI); lo cual equivale a admitir que no siguió el consejo de su amigo.

ratura y de filosofía acibarada a la vez. Allí pondría toda su alma sin hablar de sí mismo; allí, para desnudar las almas de los otros, desnudaría la suya; allí se vengaría del mundo vil en que había tenido que vivir. Y las gentes, al verse así, al desnudo, admirarían primero y quedarían agradecidas después al que las desnudó. Y allí, cambiando los nombres a guisa de ficción, haría el retrato que para siempre habría de quedar de Abel y de Helena. Y su retrato valdría por todos los que Abel pintara. Y se regodeaba a solas pensando que si él acertaba aquel retrato literario de Abel Sánchez le habría de inmortalizar a éste, más que todos sus propios cuadros, cuando los comentaristas y eruditos del porvenir llegasen a descubrir bajo el débil velo de la ficción al personaje histórico. «Sí, Abel, sí —se decía Joaquín a sí mismo—; la mayor coyuntura que tienes de lograr eso por lo que tanto has luchado, por lo único que has luchado, por lo único que te preocupas, por lo que me despreciaste siempre o, aún peor, no hiciste caso de mí; la mayor coyuntura que tienes de perpetuarte en la memoria de los venideros no son tus cuadros, ¡no!, sino es que yo acierte a pintarte con mi pluma tal y como eres. Y acertaré, acertaré porque te conozco, porque te he sufrido, porque has pesado toda mi vida sobre mí. Te pondré para siempre en el rollo, y no serás Abel Sánchez, no, sino el nombre que yo te dé. Y cuando se hable de ti como pintor de tus cuadros dirán las gentes: "¡Ah, sí, el de Joaquín Monegro!" Porque serás de este modo mío, mío, y vivirás lo que mi obra viva, y tu nombre irá por los suelos, por el fango, a rastras del mío, como van arrastrados por el Dante los que colocó en el Infierno. Y serás la cifra del envidioso»[53].

¡Del envidioso! Pues Joaquín dio en creer que toda la pasión que bajo su aparente impasibilidad de egoísta animaba a Abel era la envidia, la envidia de él a Joaquín, que por envidia le arrebatara de mozo el afecto de sus compañeros,

[53] Algún crítico ha especulado que este «retrato literario de Abel Sánchez» que tiene proyectado Joaquín se convierte en la novela de Unamuno. Tal paralelo es poco acertado, ya que la novela de Unamuno es la biografía de Joaquín Monegro, mientras que en esas *Memorias de un médico viejo* Joaquín disertará sobre la vileza humana, pero «sin hablar de sí mismo».

185

que por envidia le quitó a Helena. ¿Y cómo, entonces, se dejó quitar el hijo? «¡Ah —se decía Joaquín—, es que él no se cuida de su hijo, sino de su nombre, de su fama; no cree que vivirá en las vidas de sus descendientes de carne, sino en las de los que admiren sus cuadros, y me deja su hijo para mejor quedarse con su gloria! ¡Pero yo le desnudaré!»

Inquietábale la edad a que emprendía la composición de esas *Memorias,* entrado ya en los cincuenta y cinco años, ¿pero no había acaso empezado Cervantes su *Quijote* a los cincuenta y siete de su edad?[54]. Y se dio a averiguar qué obras maestras escribieron sus autores después de haber pasado la edad suya. Y a la par se sentía fuerte, dueño de su mente toda, rico de experiencia, maduro de juicio y con su pasión, fermentada en tantos años, contenida pero bullente.

Ahora, para cumplir su obra, se contendría. ¡Pobre Abel! ¡La que le esperaba! Y empezó a sentir desprecio y compasión hacia él. Mirábale como a un modelo y como a una víctima, y le observaba y le estudiaba. No mucho, pues Abel iba poco, muy poco, a casa de su hijo.

—Debe de andar muy ocupado tu padre —decía Joaquín a su yerno—; apenas aparece por aquí. ¿Tendrá alguna queja? ¿Le habremos ofendido, yo, Antonia o mi hija en algo? Lo sentiría...

—No, no, papá —así le llamaba ya Abelín—; no es nada de eso. En casa tampoco paraba. ¿No te dije que no le importa nada más que sus cosas? Y sus cosas son las de su arte y qué sé yo...

—No, hijo, no; exageras..., algo más habrá...

—No, no hay más.

Y Joaquín insistía para oír la misma versión.

—¿Y Abel, cómo no viene?... —le preguntaba a Helena.

—¡Bah, él es así con todos! —respondía ésta.

Ella, Helena, sí solía ir a casa de su nuera.

---

[54] No había empezado, sino más bien publicado, Cervantes la Primera Parte del *Quijote,* ya que la licencia real se otorgó el 26 de septiembre de 1604, sólo días antes de que el autor cumpliese cincuenta y siete años. Lo comenzó unos años antes, entre los cincuenta y los cincuenta y cinco años de edad.

XXXII

—Pero dime —le decía un día Joaquín a su yerno—, ¿cómo no se le ocurrió a tu padre nunca inclinarte a la pintura?

—No me ha gustado nunca.

—No importa; parecía lo natural que él quisiera iniciarte en su arte...

—Pues no, sino que antes más bien le molestaba que yo me interesase en él. Jamás me animó a que cuando niño hiciera lo que es natural en niños, figuras y dibujos.

—Es raro..., es raro... —murmuraba Joaquín—. Pero...

Abel sentía desasosiego al ver la expresión del rostro de su suegro, el lívido fulgor de sus ojos. Sentíase que algo le escarabajeaba dentro, algo doloroso y que deseaba echar fuera; algún veneno sin duda. Siguióse a esas últimas palabras un silencio cargado de acre amargura. Y lo rompió Joaquín diciendo:

—No me explico que no quisiese dedicarte a pintor...

—No, no quería que fuese lo que él...

Siguió otro silencio, que volvió a romper, como con pesar, Joaquín, exclamando como quien se decide a una confesión:

—¡Pues sí, lo comprendo!

Abel tembló, sin saber a punto cierto por qué, al oír el tono y timbre con que su suegro pronunció esas palabras.

—¿Pues...? —interrogó el yerno.

—No..., nada... —y el otro pareció recogerse en sí.

—¡Dímelo! —suplicó el yerno, que por ruego de Joaquín ya le tuteaba como a padre amigo —¡amigo y cómplice!—, aunque temblaba de oír lo que pedía se le dijese.

—No, no; no quiero que digas luego...

—Pues eso es peor, padre, que decírmelo, sea lo que fuere. Además, que creo adivinarlo...

—¿Qué? —preguntó el suegro, atravesándole los ojos con la mirada.

—Que acaso temiese que yo con el tiempo eclipsara su gloria...

—Sí —añadió con reconcentrada voz Joaquín—. ¡Sí, eso! ¡Abel Sánchez hijo, o Abel Sánchez el Joven! Y que luego se le recordase a él como tu padre y no a ti como a su hijo. Es tragedia que se ha visto más de una vez dentro de las familias... Eso de que un hijo haga sombra a su padre...

—Pero eso es... —dijo el yerno, por decir algo.

—Eso es envidia, hijo, nada más que envidia.

—¡Envidia de un hijo! ¡Y un padre!

—Sí, y la más natural. La envidia no puede ser entre personas que no se conocen apenas. No se envidia al de otras tierras ni al de otros tiempos. No se envidia al forastero, sino los del mismo pueblo entre sí; no al de más edad, al de otra generación, sino al contemporáneo, al camarada. Y la mayor envidia entre hermanos. Por algo es la leyenda de Caín y Abel... Los celos más terribles, tenlo por seguro, han de ser los de uno que cree que su hermano pone ojos en su mujer, en la cuñada... Y entre padres e hijos...

—Pero ¿y la diferencia de edad en este caso?

—¡No importa! Eso de que nos llegue a oscurecer aquel a quien hicimos...

—¿Y del maestro al discípulo? —preguntó Abel.

Joaquín se calló, clavó un momento su vista en el suelo, bajo el que adivinaba la tierra, y luego añadió, como hablando con ella, con la tierra:

—Decididamente, la envidia es una forma de parentesco.

Y luego:

—Pero hablemos de otra cosa, y todo esto, hijo, como si no lo hubiese dicho. ¿Lo has oído?

—¡No!

—¿Cómo que no?

—Que no he oído lo que antes dijiste.

—¡Ojalá no lo hubiese oído yo tampoco! —y la voz le lloraba.

XXXIII

Solía ir Helena a casa de su nuera, de sus hijos, para introducir un poco de gusto más fino, de mayor elegancia, en aquel hogar de burgueses sin distinción, para corregir —así lo creía ella— los defectos de la educación de la pobre Joaquina, criada por aquel padre lleno de una soberbia sin fundamento y por aquella pobre madre que había tenido que cargar con el hombre que otra desdeñó. Y cada día dictaba alguna lección de buen tono y de escogidas maneras.

—¡Bien, como quieras! —solía decir Antonia.

Y Joaquina, aunque recomiéndose, resignábase. Pero dispuesta a rebelarse un día. Y si no lo hizo fue por los ruegos de su marido.

—Como usted quiera, señora —le dijo una vez, y recalcando el *usted*, que no habían logrado lo dejase al hablarle—; yo no entiendo de esas cosas ni me importa. En todo eso se hará su gusto...

—Pero si no es mi gusto, hija, si es...

—¡Lo mismo da! Yo me he criado en la casa de un médico, que es ésta, y cuando se trate de higiene, de salubridad, y luego que nos llegue el hijo, de criarle, sé lo que he de hacer; pero ahora, en estas cosas que llama usted de gusto, de distinción, me someto a quien se ha formado en casa de un artista.

—Pero no te pongas así, chicuela...

—No, si no me pongo. Es que siempre nos está usted echando en cara que si esto no se hace así, que si se hace asá. Después de todo, no vamos a dar saraos ni tés danzantes.

190

—No sé de dónde te ha venido, hija, ese fingido desprecio; fingido, sí, fingido, lo repito, fingido...

—Pero si yo no he dicho nada, señora...

—Ese fingido desprecio a las buenas formas, a las conveniencias sociales. ¡Aviados estaríamos sin ellas! ¡No se podría vivir!

Como a Joaquina le habían recomendado su padre y su marido que se pasease, que airease y solease la sangre que iba dando al hijo que vendría, y como ellos no podían siempre acompañarla, y Antonia no gustaba de salir de casa, escoltábala Helena, su suegra. Y se complacía en ello, en llevarla al lado como a una hermana menor, pues por tal la tomaban los que no las conocían, en hacerle sombra con su espléndida hermosura casi intacta por los años. A su lado su nuera se borraba a los ojos precipitados de los transeúntes. El encanto de Joaquina era para paladeado lentamente por los ojos, mientras que Helena se ataviaba para barrer las miradas de los distraídos: «¡Me quedo con la madre!», oyó que una vez decía un mocetón, a modo de chicoleo, cuando al pasar ella le oyó que llamaba *hija* a Joaquina, y respiró más fuerte, humedeciéndose con la punta de la lengua los labios.

—Mira, hija —solía decirle a Joaquina—, haz lo más por disimular tu estado; es muy feo eso de que se conozca que una muchacha está encinta.... es así como una petulancia...

—Lo que yo hago, madre, es andar cómoda y no cuidarme de lo que crean o no crean... Aunque estoy en lo que los cursis llaman estado interesante, no me hago la tal como otras se habrán hecho y se hacen. No me preocupo de esas cosas.

—Pues hay que preocuparse; se vive en el mundo.

—¿Y qué más da que lo conozcan? ¿O es que no le gusta a usted, madre, que sepan que va para abuela? —añadió con sorna.

Helena se escocía al oír la palabra odiosa: abuela, pero se contuvo.

—Pues mira, lo que es por edad... —dijo picada.

—Sí, por edad podía usted ser madre de nuevo —repuso la nuera, hiriéndola en lo vivo.

—Claro, claro —dijo Helena, sofocada y sorprendida, inerme por el brusco ataque—. Pero eso de que se te queden mirando...

—No, esté tranquila, pues a usted es más bien a la que miran. Se acuerdan de aquel magnífico retrato, de aquella obra de arte...

—Pues yo en tu caso... —empezó la suegra.

—Usted en mi caso, madre, y si pudiese acompañarme en mi estado mismo, ¿entonces?

—Mira, niña, si sigues así nos volvemos enseguida y no vuelvo a salir contigo ni a pisar tu casa..., es decir, la de tu padre.

—¡La mía, señora, la mía, y la de mi marido y la de usted!

—¿Pero de dónde has sacado ese geniecillo, niña?

—¿Geniecillo? ¡Ah, sí, el genio es de otros!

—Miren, miren la mosquita muerta..., la que se iba a ir monja antes de que su padre le pescase a mi hijo...

—Le he dicho a usted ya, señora, que no vuelva a mentarme eso. Yo sé lo que me hice.

—Y mi hijo también.

—Sí, sabe también lo que se hizo, y no hablemos más de ello[55].

---

[55] En este intercambio un tanto enigmático Joaquina le da a entender a su suegra que ha actuado motivada por razones muy particulares, pero inconfesables. Helena parece comprenderla e insinúa que su hijo ha colaborado en ese silencioso proyecto. De ser así, lo que Joaquín pensó ser su propia maquinación ha sido la de todos.

XXXIV

Y vino al mundo el hijo de Abel y de Joaquina, en quien se mezclaron las sangres de Abel Sánchez y de Joaquín Monegro.

La primera batalla fue la del nombre que había de ponérsele; su madre quería que Joaquín; Helena, que Abel; y Abel, su hijo Abelín y Antonia remitieron la decisión a Joaquín, que sería quien le diese nombre. Y fue un combate en el alma de Monegro. Un acto tan sencillo como es dar nombre a un hombre nuevo tomaba para él tamaño de algo agorero, de un sortilegio fatídico. Era como si se decidiera el porvenir del nuevo espíritu.

«Joaquín —se decía éste—, Joaquín, sí, como yo, y luego será Joaquín S. Monegro y hasta borrará la ese, la ese a que se te reducirá ese odioso Sánchez, y desaparecerá su nombre, el de su hijo, y su linaje quedará anegado en el mío... Pero ¿no es mejor que sea Abel Monegro, Abel S. Monegro, y se redima así el Abel? Abel es su abuelo, pero Abel es también su padre, mi yerno, mi hijo, que ya es mío, un Abel mío, que he hecho yo. ¿Y qué más da que se llame Abel si él, el otro, su otro abuelo, no será Abel ni nadie le conocerá por tal, sino será como yo le llame en las *Memorias,* con el nombre con que yo le marque en la frente con fuego? Pero no...»

Y, mientras así dudaba, fue Abel Sánchez, el pintor, quien decidió la cuestión:

—Que se llame Joaquín. Abel el abuelo, Abel el padre, Abel el hijo, tres Abeles..., ¡son muchos! Además, no me gusta, es nombre de víctima...

—Pues bien dejaste ponérselo a tu hijo —objetó Helena.

—Sí, fue un empeño tuyo, y por no oponerme... Pero figúrate que en vez de haberse dedicado a médico se dedica a pintor, pues... Abel Sánchez el Viejo y Abel Sánchez el Joven...

—Y Abel Sánchez no puede ser más que uno... —añadió Joaquín sotorriéndose.

—Por mí que haya ciento —replicó aquél—. Yo siempre he de ser yo.

—¿Y quién lo duda? —dijo su amigo.

—¡Nada, nada, que se llame Joaquín, decidido!

—Y que no se dedique a la pintura, ¿eh?

—Ni a la medicina —concluyó Abel, fingiendo seguir la fingida broma.

Y Joaquín se llamó el niño.

XXXV

Tomaba al niño su abuela Antonia, que era quien le cuidaba, y apechugándolo como para ampararlo y cual si presintiese alguna desgracia, le decía: «Duerme, hijo mío, duerme, que cuanto más duermas mejor. Así crecerás sano y fuerte. Y luego también, mejor dormido que despierto, sobre todo en esta casa. ¿Qué va a ser de ti? ¡Dios quiera que no riñan en ti dos sangres!» Y dormido el niño, ella, teniéndole en brazos, rezaba y rezaba.

Y el niño crecía a la par que la *Confesión* y las *Memorias* de su abuelo de madre y que la fama de pintor de su abuelo de padre. Pues nunca fue más grande la reputacion de Abel que en este tiempo. El cual, por su parte, parecía preocuparse muy poco de toda otra cosa que no fuese su reputación.

Una vez se fijó más intensamente en el nietecillo, y fue que al verle una mañana dormido exclamó: «¡Qué precioso apunte!» Y tomando un álbum se puso a hacer un bosquejo a lápiz del niño dormido.

—¡Qué lástima —exclamó— no tener aquí mi paleta y mis colores! Ese juego de la luz en la mejilla, que parece como de melocotón, es encantador. ¡Y el color del pelo! ¡Si parecen rayos de sol los rizos!

—Y luego —le dijo Joaquín—, ¿cómo llamarías al cuadro? ¿Inocencia?

—Eso de poner títulos a los cuadros se queda para los literatos, como para los médicos el poner nombres a las enfermedades, aunque no se curen.

—¿Y quién te ha dicho, Abel, que sea lo propio de la medicina curar las enfermedades?

—Entonces, ¿qué es?

—Conocerlas. El fin de la ciencia es conocer.

—Yo creí que conocer para curar. ¿De qué nos serviría haber probado del fruto de la ciencia del bien y del mal si no era para librarnos de éste?

—Y el fin del arte ¿cuál es? ¿Cuál es el fin de ese dibujo de nuestro nieto que acabas de hacer?

—Eso tiene su fin en sí. Es una cosa bonita y basta.

—¿Qué es lo bonito? ¿Tu dibujo o nuestro nieto?

—¡Los dos!

—¿Acaso crees que tu dibujo es más hermoso que él, que Joaquinito?

—¡Ya estás en las tuyas! ¡Joaquín! ¡Joaquín!

Y vino Antonia, la abuela, y cogió al niño de la cuna y se lo llevó como para defenderle de uno y de otro abuelo. Y le decía: «¡Ay, hijo, hijito, hijo mío, corderito de Dios, sol de la casa, angelito sin culpa, que no te retraten, que no te curen! ¡No seas modelo de pintor, no seas enfermo de médico! ¡Déjales, déjales con su arte y con su ciencia y vente con tu abuelita, tú, vida mía, vida, vidita, vidita mía! Tú eres mi vida; tú eres nuestra vida; tú eres el sol de esta casa. Yo te enseñaré a rezar por tus abuelos y Dios te oirá. ¡Vente conmigo, vidita, vida, corderito sin mancha, corderito de Dios!» Y no quiso Antonia ver el apunte de Abel.

XXXVI

Joaquín seguía con su enfermiza ansiedad el crecimiento en cuerpo y en espíritu de su nieto Joaquinito. ¿A quién salía? ¿A quién se parecía? ¿De qué sangre era? Sobre todo cuando empezó a balbucir.

Desasosegábale al abuelo que el otro abuelo, Abel, desde que tuvo el nieto, frecuentaba la casa de su hijo y hacía que le llevasen a la suya el pequeñuelo. Aquel grandísimo egoísta —por tal le tenían su hijo y su consuegro— parecía ablandarse de corazón y aun aniñarse ante el niño. Solía ir a hacerle dibujos, lo que encantaba a la criatura. «¡*Abelito*, santos!», le pedía. Y Abel no se cansaba de dibujarle perros, gatos, caballos, toros, figuras humanas. Ya le pedía un jinete, ya dos chicos haciendo cachetina, ya un niño corriendo de un perro que le sigue, y que las escenas se repitiesen.

—En mi vida he trabajado con más gusto —decía Abel—; ¡esto, esto es arte puro y lo demás... chanfaina!

—Puedes hacer un álbum de dibujos para los niños —le dijo Joaquín.

—¡No, así no tiene gracia; para los niños... no! Eso no sería arte, sino...

—Pedagogía —dijo Joaquín.

—Eso sí, sea lo que fuere, pero arte, no. Esto es arte, esto; estos dibujos que dentro de media hora romperá nuestro nieto.

—¿Y si yo los guardase? —preguntó Joaquín.

—¿Guardarlos? ¿Para qué?

—Para tu gloria. He oído de no sé qué pintor de fama

197

que se han publicado los dibujos que les hacía, para divertirlos, a sus hijos, y que son lo mejor de él.

—Yo no los hago para que los publiquen luego, ¿entiendes? Y en cuanto a eso de la gloria, que es una de tus reticencias, Joaquín, sábete que no se me da un comino de ella.

—¡Hipócrita! Si es lo único que de veras te preocupa...

—¿Lo único? Parece mentira que me lo digas ahora. Hoy lo que me preocupa es este niño. ¡Y será un gran artista!

—Que herede tu genio, ¿no?

—¡Y el tuyo![56].

El niño miraba sin comprender el duelo entre sus dos abuelos, pero adivinando algo en sus actitudes.

—¿Qué le pasa a mi padre —preguntaba a Joaquín su yerno—, que está chocho con el nieto, él que apenas nunca me hizo caso? Ni recuerdo que siendo yo niño me hiciese esos dibujos...

—Es que vamos para viejos, hijo —le respondió Joaquín—, y la vejez enseña mucho.

—Y hasta el otro día, a no sé qué pregunta del niño, le vi llorar. Es decir, le salieron las lágrimas. Las primeras que le he visto.

—¡Bah! ¡Eso es cardíaco!

—¿Cómo?

—Que tu padre está ya gastado por los años y el trabajo y por el esfuerzo de la inspiración artística y por las emociones, que tiene muy mermadas las reservas del corazón y que el mejor día...

—¿Qué?

—Os da, es decir, nos da un susto. Y me alegro que haya llegado ocasión de decírtelo, aunque ya pensaba en ello. Adviérteselo a Helena, tu madre.

—Sí, él se queja de fatiga, de disnea[57]. ¿Será...?

—Eso es. Me ha hecho que le reconozca sin saberlo tú, y le he reconocido. Necesita cuidado.

---

[56] Recuérdese que ya Abel había dicho que Joaquín poseía «un profundo sentido artístico» (cap. XIII).

[57] Disnea: dificultad en respirar, falta de aliento, causada en este caso por insuficiencia cardíaca.

Y así era que en cuanto se encrudecía el tiempo Abel se quedaba en casa y hacía que le llevasen a ella el nieto, lo que amargaba para todo el día al otro abuelo. «Me lo está mimando —decía Joaquín—; quiere arrebatarme su cariño; quiere ser el primero; quiere vengarse de lo de su hijo. Sí, sí, es por venganza, nada más que por venganza. Quiere quitarme este último consuelo. Vuelve a ser él, él, el que me quitaba los amigos cuando éramos mozos.»

Y en tanto Abel le repetía al nietecito que quisiera mucho al abuelito Joaquín.

—Te quiero más a ti —le dijo una vez el nieto.

—¡Pues no! No debes quererme a mí más; hay que querer a todos igual. Primero a papá y a mamá y luego a los abuelos y a todos lo mismo. El abuelito Joaquín es muy bueno, te quiere mucho, te compra juguetes...

—También tú me los compras...

—Te cuenta cuentos...

—Me gustan más los dibujos que tú me haces...[58]. ¡Anda, píntame un toro y un picador a caballo!

---

[58] Nuevo contraste entre las dos formas de representar: la palabra y la imagen.

XXXVII

—Mira, Abel —le dijo solemnemente Joaquín así que se encontraron solos—; vengo a hablarte de una cosa grave, muy grave, de una cuestión de vida o muerte.

—¿De mi enfermedad?

—No; pero, si quieres, de la mía.

—¿De la tuya?

—De la mía, ¡sí! Vengo a hablarte de nuestro nieto. Y para no andar con rodeos es menester que te vayas, que te alejes, que nos pierdas de vista; te lo ruego, te lo suplico...

—¿Yo? ¿Pero estás loco, Joaquín? ¿Y por qué?

—El niño te quiere a ti más que a mí. Esto es claro. Yo no sé lo que haces con él..., no quiero saberlo...

—Lo aojaré o le daré algún bebedizo, sin duda...[59].

—No lo sé. Le haces esos dibujos, esos malditos dibujos, le entretienes con las artes perversas de tu maldito arte...

—Ah, ¿pero eso también es malo? Tú no estás bueno, Joaquín.

—Puede ser que no esté bueno, pero eso no importa ya. No estoy en edad de curarme. Y si estoy malo debes respetarme. Mira, Abel, que me amargaste la juventud, que me has perseguido la vida toda...

—¿Yo?

—Sí, tú, tú.

—Pues lo ignoraba.

---

[59] Aojar: echar mal de ojo, hechizar. Para Joaquín los dibujos de Abel se convierten en arte de hechicería.

—No finjas. Me has despreciado siempre.

—Mira, si sigues así me voy, porque me pones malo de verdad. Ya sabes mejor que nadie que no estoy para oír locuras de ese jaez. Vete a un manicomio a que te curen o te cuiden, y déjanos en paz.

—Mira, Abel, que me quitaste, por humillarme, por rebajarme, a Helena...

—¿Y no has tenido a Antonia?

—¡No, no es por ella, no! Fue el desprecio, la afrenta, la burla.

—Tú no estás bueno; te lo repito, Joaquín, no estás bueno...

—Peor estás tú.

—De salud del cuerpo, desde luego. Sé que no estoy para vivir mucho.

—Demasiado...

—¿Ah, pero me deseas la muerte?

—No, Abel, no; no digo eso —y tomó Joaquín tono de quejumbrosa súplica, diciéndole—: Vete, vete de aquí, vete a vivir a otra parte, déjame con él..., no me lo quites... por lo que te queda...

—Pues por lo que me queda, déjame con él.

—No, que me le envenenas con tus mañas, que le desapegas de mí, que le enseñas a despreciarme...

—¡Mentira, mentira y mentira! Jamás me ha oído ni me oirá nada en desprestigio tuyo.

—Sí, pero basta con lo que le engatusas.

—¿Y crees tú que por irme yo, por quitarme yo de en medio habría de quererte? Si a ti, Joaquín, aunque uno se proponga no puede quererte... Si rechazas a la gente...

—Lo ves, lo ves...

—Y si el niño no te quiere como tú quieres ser querido, con exclusión de los demás o más que a ellos, es que presiente el peligro, es que teme...

—¿Y qué teme? —preguntó Joaquín, palideciendo.

—El contagio de tu mala sangre.

Levantóse entonces Joaquín, lívido, se fue a Abel y le puso las dos manos, como dos garras, en el cuello, diciendo:

—¡Bandido!

Mas al punto las soltó. Abel dio un grito, llevándose las manos al pecho, suspiró un «¡Me muero!» y dio el último respiro. Joaquín se dijo: «¡El ataque de angina; ya no hay remedio; se acabó!»

En aquel momento oyó la voz del nieto que llamaba: «¡Abuelito! ¡Abuelito!» Joaquín se volvió:

—¿A quién llamas? ¿A qué abuelo llamas? ¿A mí? —y como el niño callara, lleno de estupor ante el misterio que veía—: Vamos, di, ¿a qué abuelo? ¿A mí?

—No, al abuelito Abel.

—¿A Abel? Ahí lo tienes..., muerto. ¿Sabes lo que es eso? Muerto.

Después de haber sostenido en la butaca en que murió el cuerpo de Abel, se volvió Joaquín al nieto y con voz de otro mundo le dijo:

—¡Muerto, sí! Y le he matado yo, yo; ha matado a Abel Caín, tu abuelo Caín. Mátame ahora si quieres. Me quería robarte; quería quitarme tu cariño. Y me lo ha quitado. Pero él tuvo la culpa, él.

Y rompiendo a llorar, añadió:

—¡Me quería robarte a ti, a ti, al único consuelo que le quedaba al pobre Caín! ¿No le dejarán a Caín nada? Ven acá, abrázame.

El niño huyó sin comprender nada de aquello, como se huye de un loco. Huyó llamando a Helena:

—¡Abuela, abuela!

—Le he matado, sí... —continuó Joaquín solo—; pero él me estaba matando; hace más de cuarenta años que me estaba matando. Me envenenó los caminos de la vida con su alegría y con sus triunfos. Quería robarme el nieto...

Al oír pasos precipitados, volviendo Joaquín en sí, volvióse. Era Helena, que entraba.

—¿Qué pasa..., qué sucede..., qué dice el niño?

—Que la enfermedad de tu marido ha tenido un fatal desenlace —dijo Joaquín heladamente.

—¿Y tú?

—Yo no he podido hacer nada. En esto se llega siempre tarde.

Helena le miró fijamente y le dijo:

—¡Tú..., tú has sido!

Luego se fue, pálida y convulsa, pero sin perder su compostura, al cuerpo de su marido.

XXXVIII

Pasó un año en que Joaquín cayó en una honda melancolía. Abandonó sus *Memorias,* evitaba ver a todo el mundo, incluso a sus hijos. La muerte de Abel había parecido el natural desenlace de su dolencia, conocida por su hijo[60], pero un espeso bochorno misterioso pesaba sobre la casa. Helena encontró que el traje de luto la favorecía mucho y empezó a vender los cuadros que de su marido le quedaban. Parecía tener cierta aversión al nieto, al cual le había nacido ya una hermanita.

Postróle, al fin, a Joaquín una oscura enfermedad en el lecho. Y sintiéndose morir, llamó un día a sus hijos, a su mujer, a Helena.

—Os dijo la verdad el niño —empezó diciendo—; yo le maté.

—No digas esas cosas, padre —suplicó Abel, su yerno.

—No es hora de interrupciones ni de embustes. Yo le maté. O como si yo le hubiera matado, pues murió en mis manos...

—Eso es otra cosa.

—Se me murió teniéndole yo en mis manos, cogido del cuello. Aquello fue como un sueño. Toda mi vida ha

---

[60] «hija» en lugar de «hijo» en todas las ediciones consultadas; pero «hijo» tiene mucho más sentido en el contexto, ya que la frase «conocida por su hijo» corrobora la anterior conversación entre Joaquín y Abelín acerca de la afección cardíaca de Abel.

sido un sueño. Por eso ha sido como una de esas pesadillas dolorosas que nos caen encima poco antes de despertar, al alba, entre el sueño y la vela. No he vivido ni dormido..., ¡ojalá!, ni despierto. No me acuerdo ya de mis padres, no quiero acordarme de ellos y confío en que ya, muertos, me hayan olvidado. ¿Me olvidará también Dios? Sería lo mejor, acaso, el eterno olvido. ¡Olvidadme, hijos míos!

—¡Nunca! —exclamó Abel, yendo a besarle la mano.

—¡Déjala! Estuvo en el cuello de tu padre al morir éste. ¡Déjala! Pero no me dejéis. Rogad por mí.

—¡Padre, padre! —suplicó la hija.

—¿Por qué he sido tan envidioso, tan malo? ¿Qué hice para ser así? ¿Qué leche mamé? ¿Era un bebedizo de odio? ¿Ha sido un bebedizo de sangre? ¿Por qué nací en tierra de odios? En tierra en que el precepto parece ser: «Odia a tu prójimo como a ti mismo.» Porque he vivido odiándome; porque aquí todos vivimos odiándonos. Pero... traed al niño[61].

—¡Padre!

—¡Traed al niño!

Y cuando el niño llegó le hizo acercarse.

—¿Me perdonas? —le preguntó.

—No hay de qué —dijo Abel.

—Di que sí, arrímate al abuelo —le dijo su madre.

—¡Sí! —susurró el niño.

—Di claro, hijo mío, di si me perdonas.

—Sí.

—Así, sólo de ti, sólo de ti, que no tienes todavía uso de razón, de ti, que eres inocente, necesito perdón. Y no olvides a tu abuelo Abel, al que te hacía los dibujos. ¿Le olvidarás?

—¡No!

—¡No, no le olvides, hijo mío, no le olvides! Y tú, Helena...

Helena, la vista en el suelo, callaba.

—Y tú, Helena...

---

[61] Tras ser motivo de envidia, el niño se convierte finalmente en símbolo de esperanza.

—Yo, Joaquín, te tengo hace tiempo perdonado.

—No te pedía eso. Sólo quiero verte junto a Antonia. Antonia...

La pobre mujer, henchidos de lágrimas los ojos, se echó sobre la cabeza de su marido, y como queriendo protegerla[62].

—Tú has sido aquí la víctima. No pudiste curarme, no pudiste hacerme bueno...

—Pero si lo has sido, Joaquín... ¡Has sufrido tanto!

—Sí, la tisis del alma. Y no pudiste hacerme bueno porque no te he querido.

—¡No digas eso!

—Sí lo digo, lo tengo que decir, y lo digo aquí, delante de todos. No te he querido. Si te hubiera querido me habría curado. No te he querido. Y ahora me duele no haberte querido. Si pudiéramos volver a empezar...

—¡Joaquín! ¡Joaquín! —clamaba desde el destrozado corazón la pobre mujer—. No digas esas cosas. Ten piedad de mí, ten piedad de tus hijos, de tu nieto que te oye; aunque parece no entenderte, acaso mañana...

—Por eso lo digo, por piedad. No, no te he querido; no he querido quererte. ¡Si volviésemos a empezar! Ahora, ahora es cuando...

No le dejó acabar su mujer, tapándole la moribunda boca con su boca y como si quisiera recoger en el propio su último aliento.

—Esto te salva, Joaquín.

—¿Salvarme? ¿Y a qué llamas salvarse?

—Aún puedes vivir unos años, si lo quieres.

—¿Para qué? ¿Para llegar a viejo? ¿A la verdadera vejez? ¡No, la vejez no! La vejez egoísta no es más que una infancia en que hay conciencia de la muerte. El viejo es un niño que sabe que ha de morir. No, no quiero llegar a viejo. Reñiría con los nietos por celos, les odiaría... ¡No, no..., basta

---

[62] El sentido parece ser que Antonia quiere proteger a su esposo de la mirada de Helena, en quien siempre vio el origen de su amargura. Ya vimos antes que Helena congeló con su mirada el alma de Joaquín.

de odio! Pude quererte, debí quererte, que habría sido mi salvación, y no te quise[63].

Calló. No quiso o no pudo proseguir. Besó a los suyos. Horas después rendía su último cansado suspiro.

¡QUEDA ESCRITO!

---

[63] Unamuno hace repetir públicamente a Joaquín, y por dos veces, lo que éste había escrito anteriormente en su *Confesión* (cap. XII). A la enfermedad de la envidia contrapone Unamuno el remedio del amor.